Hans Werner Geerdts

BABYLON IN MARRAKECH

Ein wahres Märchenbuch

HANS WERNER GEERDTS

Babylon in Marrakech
Ein wahres Märchenbuch

Episodenroman aus dem Nachlass

herausgegeben und kommentiert von
Mario Fuhse

Bibliografische Informationen der Deutschen Bibliothek: Die Deutsche Bibliothek verzeichnet die Publikation in der Deutschen Nationalbibliografie; detaillierte bibliografische Daten sind im Internet über http://dnb.ddb.de abrufbar.

Verlag: BoD · Books on Demand GmbH,
In de Tarpen 42, 22848 Norderstedt, bod@bod.de

1. Auflage, Hamburg 2022

Druck: Libri Plureos GmbH, Friedensallee 273, 22763 Hamburg
Umschlaggestaltung und Satz: Mario Fuhse unter der Verwendung eines Fotos von Hans Werner Geerdts aus dem Jahr 1960.

ISBN: 978-3-7693-4001-3

INHALT

1 Ich schwöre 8

2 Brief von Abdelillah 9

3 Die Leute hier sind menschlicher 11

4 Ein Jüngling wird im Auto mitgenommen...13

5 Abdallah 15

6 Ali 17

7 Wenn von Entführung gesprochen wird...... 19

8 Vor dem hohen Gericht in Marrakech 21

9 Brahim – Erbe I 28

10 Brahim erzählt:
    Sami will sein Haus verkaufen 36

11 Brahim und der Hadj gehen zum Funduk... 38

12 Die Arbeiter 40

13 Goldsuche Mouloukskour Tamslotte 42

14 Brahim – Erbe II 44

15 Hauskauf in Marrakech 49

16 Verkäufer 65

17 Ich ging meinen üblichen Weg 67

18 Der Weg ins Schwimmbad 69

19 Auf dem Weg
    zum öffentlichen Schwimmbad 71

20 Die Frau 73

21 Trauergäste hinter dem Sarg 75

22 Amazzal 76

23 Wie doch das Wort mächtig ist 78

24 Marrakech, den 7. Juni 1988 80

25 Brahim kommt zu Mittag 82

26 Ibrahim zog mich beiseite 84

27 Brahim hatte ich beauftragt.....................86

28 Treppenesel.................................. 93

29 Der Reigen der Höhenkämme................. 95

30 Brahim kam gestern Abend!...................97

31 Bakschir schickte mir Ibrahim ins Haus.......101

32 Die Hochzeit 103

33 Spaziergang 105

34 Rachid 107

35 Das typische Beispiel eines Ekels 109

36 – Guten Tag, mein Herr! 111

37 21. August 1991..............................113

38 Im Café Glacier..............................115

39 Djemaa el Fna 117

40 Ich hatte Besuch 119

41 8. Dezember 1979 121

42 Ich kann das Gefühl nicht loswerden 123

43 Auf der Fahrt nach Yokohama 125

Hans Werner Geerdts (1925-2013)
hier: November 1984

Ich schwöre, ...[1]

... am 23.1.1985 legte ich auf dem Fadenkreuz 28° 25 Minuten 30 Sekunden Nord 07° 59 Minuten 15 Sekunden West einen Stein und brachte damit das ganze System ins Wanken.

Das Netz der Welt schwankt.

Keine Filmkamera, keine Radioreportagen berichten von diesem Akt, auch keine Zeugen, die anwesend waren. Ich trage das Ereignis seit Jahren mit mir herum.

Brief von Abdelillah ...

... an seine Freundin in Elmshorn:

Ich hoffe, mein Leben sei Lächeln und Tränen.

Tränen, die mein Herz reinigen, um das Dunkel und die Geheimnisse des Leidens zu kennen.

Und Lächeln, das ein Teil meiner Freude ist, um zu bestehen. Ich habe nur ein kleines Herz, das ich aus dem Schatten der Brust herausholen möchte, um es auf der Hand zu prüfen. Aber ich habe Angst. Angst vor deinen Pfeilen, die mein Herz durchstoßen könnten. Bislang gehörte das Herz mir, aber seit zwei Jahren, seitdem ich dich traf, ist es in deiner Hand und dein Sklave. Ich bitte dich, befreie es. Löse dein Schweigen, es ist schon zu lange her, dass wir uns nicht geschrieben haben.

Glaube mir, ich habe versucht, dich zu vergessen, unter dem Vorwand, Du seist weit weg. Es gelingt nicht. Ich fühle mich schwach, weil deine Liebe mir im Kopf herumschwirrt. Ich kann sie nicht aus den Adern lassen. Ich habe mir gesagt, bevor die Liebe wächst, muss ich mein Dasein erproben. Ich muss bestehen können. Deshalb habe ich viel studiert. Ich bin inzwischen Professor der Physik und Chemie geworden, danach werde ich weiter studieren, um Professor oder Ingenieur zu werden.

Danach bleibt Zeit für die Liebe. Ich kann mir denken, dass du während der langen schwierigen Zeit Freunde gehabt hast, nur ich bin allein geblieben mit meinen Büchern.

Und immer, wenn ich unter meiner Einsamkeit leide, betrachte ich dein Bild, das ich ständig bei mir trage und ich träume von dem Augenblick, in dem wir zusammen waren. Du hinterlässt Spuren in meiner Erinnerung. Ich werde dich niemals vergessen. Obwohl ich weiß, dass du mich niemals lieben kannst. Daher bitte ich dich, lass uns Freunde bleiben, selbst wenn ein arabisches Sprichwort sagt, man kann keine Freunde haben ohne Feinde zu haben. Ich wünsche sehr, dass deine Augen mich nicht verraten haben, doch wenn meine Bestimmung ist, den Mond zu lieben, muss ich zufrieden sein. Doch habe ich ein Herz, wenn auch nur ein kleines. Bitte schreib mir.

Dein unglücklicher Abdelillah.

7.2.1998[2]

Clauswerner:

Man darf die Leute, die Marokkaner, nicht berichtigen. Dann stößt man leicht auf Widerstand und weckt Hassgefühle. Und wird in Ruhe gelassen, wenn man den Marokkanern freundlich begegnet.

Ich wurde während des Golfkrieges nicht in Ruhe gelassen. Also muss ich annehmen, dass ich die Leute maßregele und berichtige, … was natürlich lächerlich ist und von einem Außenstehenden, der nur mit halbem Ohr die Medina erkennt, nicht beurteilt werden kann.

Claus gibt sich der Illusion hin, die Fundamentalisten würden uns Ungläubige, uns Heiden, gerne im Land sehen! Da ist gar keine Maßregelung von unserer Seite, der Ausländerseite, nötig, um gehasst zu werden. Es genügt schon, Profiteure des Landes, der Sonne, der Freundlichkeit der Bewohner zu sein.

Die Fundamentalisten, erst recht wenn sie in Massen auftreten oder wenn sie nur in Massen auftreten, wollen uns Heiden aus dem Land haben, ohne darüber nachzudenken, wie sehr wir dem Land Nutzen bringen. Ob nun berechtigt oder nicht: Wir sind der Stein des Anstoßes hier, erst recht, wenn sich auch noch zeigt, dass wir schwul sind.

Ingrid sagt: Ich handle nur nach meinem Ermessen und folge nur meinen Wünschen ohne Rücksicht auf die anderen, weil ich sie am Kaffeetisch sitzen ließ, allein zurückließ.

Ich hatte einfach keine Lust mehr, die guten und bösen Bemerkungen zu hören, die über die Passanten gemacht wurden. Ingrid verhält sich nicht anders als ich, sie lebt ihre Leidenschaft, vom Kaffeehausstuhl die Leute zu beobachten, was ganz und gar *ihr-gemäß* ist. Sie verbrämt ihr Handeln und ihre Worte mit der guten Geste, mit einem tröstenden Wort, als sei das eine Hilfestellung für die anderen. Wohltätigkeit spielen die Pfaffen auch. Ihr Handeln erinnert mich an das Gehabe der Pfaffen, durch ein tröstendes Wort, Einfluss auf den anderen zu gewinnen. Wohltätigkeit, wohltätig sein, weil es dem Charakter entspricht. Ingrid kam nicht umhin, der Frau, die Mützen strickt, ein Wort zu sagen … Da ist sie einfach in der Tradition des Abendlandes gebunden, darin eingezwungen. Gewiss ist Austausch gefragt. Wenn sie den den Mund hält, wird auch nichts verändert.

Die Bemerkungen haben Berechtigung, weil durch sie das Leben verändert wird.

Die Leute hier sind menschlicher.

Sie sind in Beziehung zueinander viel individueller. Am häufigsten sieht man Leute, die freundlich zueinander sind. Die, die sich hassen, zeigen das nicht auf offener Straße. Hasskämpfe werden dort ausgeführt, wo sie vorkommen können. Beschimpfungen im Haus, das nicht für Touristen sichtbar, das nicht allen Leuten zugänglich ist.

Folgendes trug sich in unmittelbarer Nähe zu: Vor mir im Derb geht eine alte Frau mit Tasche in der Hand und anscheinend auch mit dem Portmonee. Ein Junge zwischen ihr und mir, der sich noch umdrehte, um zu sehen, wer hinter ihm geht, entreißt der alten Frau das Portmonee und flieht. Ich halte, als Sperre, den Arm zwischen ihn und der Mauer, aber den schlug er blitzschnell zurück und rannte davon. In diesem Augenblick erkannte auch die Frau, was ihr gestohlen worden war. Sie schmiss die Tasche hin und versuchte, dem Jungen nachzurennen, schreiend, sie sei bestohlen worden: *Haltet den Dieb*. Ich weiß nicht, ob einer der Bazaristen den Ruf gehört, den Jungen angehalten hat und gehe weiter.

Wie ist nun meine Haltung zu diesem Vorfall?

Ich kenne keine dieser Personen. Weder die alte Frau noch den Jungen, weiß von ihrer Beziehung – ob überhaupt – nichts. Der Junge stiehlt das Geld. Für wen braucht er das Geld? Für sich, für seine Eltern, die nichts zu beißen haben, weil weder der Mann noch die Mutter Arbeit finden? Will er endlich zu Geld kommen, um sich einen Tag im Schwimmbad zu leisten, um ins Kino zu gehen, um sich Brot zu kaufen oder was weiß ich? Ist die alte Frau seine Mutter? Wohl kaum, denn er würde sie im Hause, spätestens am Abend wiedertreffen – oder auch später. War die Frau einkaufen gegangen? Wollte sie das Essen für die Familie bereiten, hungrigen Kindern die Mäuler stopfen? Oder war sie eine Bettlerin, die vor den Türen um Gaben bittet?

Die Beziehung der beiden bleibt unklar.

Und meine Beziehung zu den beiden?

Ich sagte, die Beziehungen hier in Marokko sind menschlicher. Man begrüßt sich auf offener Straße freundlich, herzlich. Auf offener Straße wird auch Schaden zugefügt, wie ich eben erlebt habe.

Gute Beziehungen, schlechte Beziehungen.

Beides sind menschliche Beziehungen.

Es mag sein, wenn ich einen Menschen liebe, verzeihe ich ihm alle Fehler; mag ich einen Menschen nicht, folgt: Ich schreibe ihm jede Schuld zu. Die Beziehungen sind von den Umständen bestimmt. Sie können sich ändern. Eine Beziehung ist keinem Treueschwur unterworfen.

Aus welcher Situation heraus auch immer der Junge stiehlt, er zeigt ein menschliches Verhalten.

Ein Jüngling wird im Auto mitgenommen

Er machte Autostop. Der Fremde, der neben ihm sitzt, kann sich der Reize des Jungen nicht erwehren. Er fasst den Knaben an und küsst ihn.[3] Beide waren sich einig, die nächsten Schritte der Annäherung zu tun, am liebsten ohne Kleidung.

Der Fremde fuhr in eine Gegend, in der er sich vor neugierigen Blicken etwaiger Passanten sicher fühlte. Übrigens auf Weisung des Jungen, der sich gut in der Gegend auskannte. Gerade als die fremde Hand den wichtigsten Teil der Liebe freilegte, leuchtete eine Taschenlampe in den Wagen. Das Spiel, gesetzlich verboten, war entdeckt. In flagranti.

Der Polizist fordert die beiden höflich auf, aus dem Wagen auszusteigen – wird der Polizist ihnen den Prozess machen oder lässt er sich mit einer guten Summe bestechen? Der kleine Ausflug kann teuer zu stehen kommen, wenn nicht sogar Ausweisung nach sich ziehen. Der Fremde und der Junge stehen vor dem Polizisten, es ist dunkel, keiner erkennt den andern. Als das Licht der Taschenlampe zur Identifizierung auf die Gesichter gerichtet ist, erkennt der Polizist seinen Sohn. Welch eine Situation!

Was sagt der Polizist, als er seinen Sohn erkennt?

– Da bin ich beruhigt, da ist der Fremde wenigstens in guten Händen und fügt auf Arabisch hinzu: Lass dich wenigstens gut bezahlen!

Die beiden stiegen ins Auto, fuhren an eine andere Stelle und trieben es. Der Junge sagte, dieses Verhalten müsse wenigstens gut honoriert werden.

Der Fremde tat's.

Abdallah

Ich werde ihn, wenn ich ihn auf der Straße treffe, ins Gesicht schlagen, ihn zum nächsten Polizisten schleppen.

– Dieb, du hast meine Uhr gestohlen!

Was mich betrübt, ist weniger der Verlust der Uhr als vielmehr, dass ich zu keinem hier im Lande Vertrauen haben kann. Er verriet den Diebstahl durch kein Zeichen, keine Regung. Fest steht nur, die Uhr ist weg. Unauffindbar. Als er ging, trank er noch ein Glas Wasser, wie er es immer tut, wenn er geht. Als sei nichts geschehen. Vielleicht war ja auch wirklich nichts geschehen? Ich traf ihn nicht auf der Straße, konnte ihn auch der Polizei nicht übergeben.

Am nächsten Morgen, wie üblich, klopfte er an die Tür, trat ein, wie jeden Morgen, nachdem er freundlich gegrüßt hatte. Ich ließ ihn eintreten. Anstatt ihm ins Gesicht zu schlagen, sagte ich ihm:

– Ich bin sehr traurig.

Er sah mich an, als ob meine Traurigkeit im Gesicht zu finden sei. Er zeigte keine Rührung, keine Regung. *Traurig sein*, kannte er überhaupt das Wort? Es war zumindest vieldeutig. Er hatte sicherlich das Wort schon gehört, hatte es nur nicht in Verbindung mit meinem Gesicht gebracht. Er mag, wenn überhaupt, gedacht haben:

Wie kann einer, der Geld genug hatte, um jeden Tag eine Mahlzeit einzunehmen, traurig sein?

– Ich bin traurig, weil du meine Uhr gestohlen hast, sagte ich ihm auf den Kopf zu.

Er sah mich an; er verstand nicht. Stehlen war ein Wort, das er sicherlich noch nie in seinem Leben gehört hatte, geschweige denn, dass er wusste, was das ist. Er begriff nichts, setzte sich auf den Hocker und starrte vor sich hin. Ob er etwas zu verbergen hatte, ob er über seinen Diebstahl nachdachte? Ich weiß nicht, was in seinem Kopf vor sich ging. Aber so viel schien klar zu sein: Stehlen, eine Uhr stehlen, kommt ihm nicht in den Sinn.

Ist das das Gesicht eines Diebes?

Nein!

Die Llah Rabia, die eigentlich die Vertrauensperson im Haus sein sollte, der ich Vollmacht über Tisch und Tücher gab, sie war die Diebin.

Ali

Ali kam und freute sich darüber, mich angetroffen zu haben.

– Schlechtes Zeichen, dachte ich, da kommt was auf mich zu.

Er fährt ein Motorrad. Er hat Arbeit – welche weiß ich nicht, ich frage auch nicht danach. Er ist glücklich, das allein zählt. Er hat alles, was er braucht, so hat es den Anschein.

Nur Geld braucht er.

– Du verdienst, Ali!

– Ich verdiene, aber ich muss das Motorrad meines Vaters bezahlen.

– Dein Vater soll sein Motorrad selber bezahlen.

– Er hat kein Geld.

– Verdient er nichts?

– Nicht so viel, um das Motorrad bezahlen zu können.

Das Geschwafel um die Bezahlung des Motorrads geht hin und her mit Argumenten und Gegenargumenten. Alles lächerliche Aussagen.

Schließlich, um einen Punkt unter die verlorenen Worte zu setzen, sage ich drastisch:

– Du kannst machen, was du willst, ich gebe keinen Heller für das Motorrad, das dein Vater nicht bezahlen kann.

Ali riss seine Jacke auf, sein Hemd und zeigte mir die nackte Brust:

— Mein Herz zerspringt noch vor Sorgen in meinem Leib.

— Das Herz zerspringt nicht so leicht wie du denkst. Dein Vater ist für dich verantwortlich, nicht ich. Sage deinem Vater, er soll Geld schicken.

— Das kann ich nicht, ich tue alles, was mein Vater verlangt. Selbst wenn er ein Esel wäre, der sich das Bein gebrochen hat, würde ich ihn auf dem Rücken bis zur nächsten Behandlungsstelle tragen.

— Das kannst du tun, meinetwegen jeden Tag, aber komme nicht zu mir, um Geld zu holen.

— Ich habe um nichts gebeten. Ich bin ein freier Mensch, ich kann meinen Weg gehen, wohin ich will!

— Dann gehe ihn! Aber geh ihn alleine, ohne meine Hilfe.

Wenn von Entführung gesprochen wird [4]

... fällt einem sofort der Serail ein. Entführung aus dem Serail, die Mozart'sche Oper.

Die Geschichte mit der Entführung kriege ich nicht in den Griff. Wo anfangen? Wie beginnen?

Als der Vater seine Tochter Khadischa, die die 20 erreicht hat, fragt, ob sie heiraten möchte, war sie sehr damit einverstanden, denn sie war schön gewachsen und kannte sich auch – von der Mutter angelernt und unterwiesen – im Haushalt aus. Sie konnte kochen. Khadischa wünschte sich nichts sehnlicher, als Kinder zu haben, drei wenn nicht vier, Jungen und Mädchen.

Die Eltern der Khadischa bringen eines Tages das Gespräch auf die Heirat ihrer Tochter, ob sie gewillt sei zu heiraten? Mit 20 Jahren sei sie als Mädchen reif zur Befruchtung. (Ich höre die Proteststürme der Feministinnen: Befruchten, als sei das junge Mädchen ein Tier, eine Pflanze, die befruchtet wird. Ist Befruchten ein unnatürlicher Vorgang? Das Natürlichste auf der Welt, nichts weiter!)

Die Eltern sprachen in der Tat von Befruchtung. Denn ihnen blieb der Kindersegen versagt. Sehr zum Kummer auf die eigene Tochter beschränkt. Sie wünschen sich Nachwuchs. Obwohl Nachwuchsversuche immer wieder unternommen wurden, finden sich Ibrahim und Fatima mit ihrem Schicksal ab. Die Schöpfung liegt in Gottes Hand. Ibrahim kam auch nicht der Gedanke, sich von seiner Frau zu trennen, um mit einer anderen Kinder zu zeugen, denn er liebte seine Fatima über alles in der Welt und war auch daran interessiert, seinen Nachwuchs heranwachsen zu sehen.

Khadischa war einer Heirat nicht abgeneigt, denn sie hatte die 20 schon erreicht. Und wenn ihr der Partner vorgestellt wird, kann sie sich endgültig entscheiden.

Der Vater weiß, wem er seine Tochter zuleiten kann. Ibrahim kennt einen jungen Lehrer. Ihm deutet er an, seine Tochter möchte heiraten. Khadischa und Abderrahmen treffen sich im Haus der Eltern. Wie konnte sie beim ersten Anblick entscheiden, ob oder ob nicht?. Der Auserwählte wird nicht seine Schwächen herauskehren, ob er trinkt oder raucht, ob er Schürzenjäger ist. Nichts davon steht auf der Nase geschrieben. Tatsächlich kommen beide Familien überein, eine Verbindung einzugehen. Der Lehrer meldet seinen Besuch in Begleitung von zwei Ministern im Haus der Eltern an. Nach langem *Wie geht's* und *Gott sei Dank* wird das Heiratsprojekt angeschnitten.

Die Tochter Khadischa war 19 Jahre alt, das Glück der Familie, als ein Verehrer, den sie aus der Schule kannte, den Vater bat, ihm die Tochter für die Ehe zu überlassen. Ihm, dem Lehrer — fest angestellt, regelmäßiger Verdienst — wurde zugesagt, denn der Vater sah in dem jungen Mann keinen Luftikus, sondern einen ernsthaften, auf eine Familie bedachten.

Ja, die Tochter wird heiraten, sobald alle Formalitäten erledigt sein werden. Welche Formalitäten? Sie bezogen sich auf den Brautpreis, das Geld, das der Frau als Versicherung ihres Lebens bleibt. Falls der Mann sich anderweitig herumtreibt. Daher musste, um Sicherheit zu gewährleisten, der Brautpreis so hoch wie möglich sein. Für alle Fälle.

Die Heirat sollte in einigen Monaten erfolgen. Khadischa, ja, so heißt die Tochter, schwebt im Glück, denn auch sie träumte davon, einem Prinzen Kinder zu schenken und glückliche Hausmutter zu sein.

Auf dem Markt trifft sie eine freundliche Frau, der sie ihr bevorstehendes Glück erzählt. Die, wie sie, Gemüse einkauft. Warten und dann das Gespräch: woher kommst du und wohin gehst du?

Khadischa, glücklich über die bevorstehende Zeit, erzählt, sie habe einen Mann gefunden, der sie heiraten werde. Da wurde die Fremde ganz Ohr. Sie teilt die Freude der Kleinen und fing an, von einem Mann aus ihrem Kreis zu schwärmen, der ihr sicherlich ein viel besseres Leben als der Schulmeister bieten würde. Er fährt ein Auto, hat eine Villa, Personal im Haus und wartet nur darauf, ein junges Mädchen glücklich zu machen. — Mein Gott, bin ich denn immer nur an das Armsein gebunden, fragte sich Khadischa. Beide kamen überein, sich am nächsten Tag zu treffen, damit sie dem Traummann vorgestellt werden kann.

Khadischa erzählt nichts davon zu Hause. Sie sagt, sie werde, wie freitags zur Gewohnheit geworden, ins Hammam zu gehen, doch stattdessen ging sie zum Händler, dem Epicier, und bittet um 1000 DH. Der Vater schicke sie, da er im Augenblick in Zahlungsschwierigkeiten sei. Da der Vater einen guten Ruf hat und nie bekannt wurde, dass er auch nur die geringste Verfehlung begangen hatte, händigte er der Kleinen das Geld aus. Statt nun ins Hammam zu gehen, wie sie ihren Eltern erzählt hatte, traf sie sich mit der Frau, die es eilig hatte, Marrakech zu verlassen. Der nächste Bus führt beide nach Casablanca und Rabat.

Am Nachmittag ist die Tochter nicht zurück aus dem Bad, am Abend auch nicht. Der Sonnabend verstreicht ohne ein Lebenszeichen von der Tochter. Fragen in der Nachbarschaft nach dem Verbleiben der Tochter, können nicht beantwortet werden, da sie keiner gesehen hat. Auch im Hammam sei sie nicht aufgetaucht. Mutter und Vater sind verzweifelt. Es hat zudem wenig Sinn, am Sonntag die Polizei zu benachrichtigen, erst am Montag werden Schritte eingeleitet, das Kind zu suchen, so dass Vater und Mutter auch am Sonntag noch voller Sorge und Hoffnung waren, doch das Kind tauchte nicht auf.

Khadischa schwebt im Glück. Sie kann ihre Freude nicht bändigen. Am liebsten würde sie die Welt umarmen. Einer Frau auf dem Markt erzählt sie voller Begeisterung, sie werde heiraten. Die Frau registriert, dies junge Ding müsse Jungfrau sein, wenn sie einen ehrenwerten Mann gefunden hat. Jungfrauen sind gut zu vermitteln. Die ganze Raffsucht nach Geld wird in dieser Frau geweckt. Sie wird das Mädchen überreden, mit ihr nach Kenitra zu kommen, wo sie einen reichen Mann heiraten kann, den sie kennt. Er hat Autos, besitzt eine Villa und Häuser dazu, ist jung und schön und auf der Suche nach einem ehrenwerten Mädchen.

Auf wöchentlichen Montagsmarkt Souk Tenin kauft Khadischa Tomaten, Zwiebeln, Erbsen, kurz Gemüse für die häusliche Küche ein. Ein alltäglicher Vorgang, doch heute ist die 19-jährige besonders aufgeregt, schwankt über Vorfreude, denn Vater und Mutter erklären ihr, sie hätten einen Mann getroffen, der um ihre Hand bittet.

Der Wasserverteiler, Amazzal, war mit seiner Familie in die Stadt gezogen, nachdem er genug Geld verdient hatte, um sich ein Haus mieten zu können. Auf einem Dorf weit vor den Toren von Marrakech.

Amazzal, der Wasserverteiler auf dem Lande in Al Haouz, weit vor den Toren von Marrakech, erledigt seine Arbeit recht und schlecht. Er bemisst den Zulauf von Wasser auf die Felder, Wasser, das von der Talsperre in Kanälen kilometerweit durch die Ebene geleitet wird. Wasser für die Felder der Bauern.

Von Amazzal hängt es ab, ob die Felder genügend Wasser zugeleitet bekommen. Wasser, das Fruchtbarkeit bringt, das die Erde nährt. In Zeiten der Trockenheit. Die Zuteilungen liegen in seinem Ermessen. Nicht in seinem Ermessen liegen die Rationen für jedes einzelne Feld, die Zuteilungen hängen von der vorhandenen Menge in den Talsperren ab.

Auf dem Souk Tenin schlendert Khadischa heute mehr aus Vergnügen als aus Zwang. Die Einkäufe, die sie für die Mutter tätigen soll, zögert sie gerne ein wenig hinaus.

Khadischa entspricht genau den Vorstellungen des Mannes. Warum willst du in bescheidenen Verhältnissen leben, wenn sie im Hause Dienstboten die Arbeit abnehmen? Und du in neuen Kleidern, in kostbaren Stoffen den Tag verbringen kannst? Dem Mädchen öffnet sich eine nie gekannte Welt, von der sie nicht einmal geträumt hat.

Vor dem hohen Gericht in Marrakech ...

... schwört die Frau, den Säugling an der Brust, dass...

... und weiß, sie schwört einen Meineid. Sie lügt vor Gott und den Menschen.

Aber das Kind an der Brust wirkt natürlich.

Gerührt von so viel Mütterlichkeit wird das Urteil *natürlich* beeinflusst.

Brahim – Erbe I

Das Stichwort: Erbschaftsangelegenheiten ist gefallen. Wer hat nicht schon die Erfahrung gemacht, wenn Teile verschenkt oder verteilt werden sollen, dass immer Streitigkeiten auftauchen: Ich habe eine Nichte, die verlangt ihren Teil, obwohl sie nach meinem Tode ohnehin ihren Anteil erbt. Ich habe einen Neffen, der seinen Teil verlangt, obwohl er sowieso seinen Anteil bekommt … Der Bruder des Hadj besteht darauf, das Auto, den Peugeot, zu erben, weil er ihn gebrauchen kann. Der Sohn will das Fahrzeug behalten, um in ein paar Jahren, wenn er den Führerschein hat, das Auto selbst zu fahren, denn er wird nie so viel Geld verdienen, um sich ein Auto kaufen zu können. Die Wünsche werden laut, sie werden ausgesprochen. Ob erfüllt oder nicht, einmal ausgesprochen, tauchen sie wieder unter. Und erst bei anderer Gelegenheit werden sie wieder hervorgebracht. Oder sie sind vergessen. Was nicht heißt, sie sind auch begraben. Das richtige Stichwort und alle Forderungen sind wieder auf dem Plan.

Nun Brahim:

Seine Halbschwester – gemeinsamer Vater, Mutter verschieden – ist wie alle Schwestern berechtigt, da der Vater gestorben ist. Die Söhne erben, nachdem die Frau des Verstorbenen 1/8-

Anteil des Ganzen bekommen hat, 1/4 und die Tochter 1/8 vom ... Nun hatte die Tochter Sohra[5] schon seit Kindesgedenken einen eigenwilligen Kopf. Immer Schwierigkeiten mit dem Vater und besonders mit der Stiefmutter. Welche Stiefmutter in der Welt bevorzugt nicht ihre eigenen Kinder? Als die Tochter Sohra heiratsfähig war, hatten sich die Eltern mit den Eltern des Auserwählten in Verbindung gesetzt, um die Heirat zu diskutieren. Jawohl. Beide Teile einigten sich. Die Heirat wurde festgesetzt. Der Brautpreis auch. Als die Brautleute vor dem Kadi erschienen, bekam Sohra plötzlich Anwandlungen und verweigerte das Ja-Wort. Das glich – damals – einem Weltuntergang. Die Tochter lief davon, ließ sich nicht mehr bei ihren Eltern blicken. Der Vater musste für 14 Tage ins Gefängnis. Für einen rechtschaffenen Mann eine ungewöhnliche Lage, wie sollte er diese Schmähung überleben? Seine Ehre war durch die Kapricen seiner Tochter, die schon ihr ganzes Leben lang Schwierigkeiten gemacht hatte, verloren. Sohra, die sich in einen andern Mann verliebt hatte, rannte aufs Dorf, wo sie ihren Liebhaber fand. Der, kaum hatte sich herumgesprochen, was sich vor dem Kadi zugetragen hatte, verweigerte nun die Beziehung zu seiner Geliebten. Denn er wusste sehr wohl, auf was er sich einlässt, wenn er mit einer Frau, die schon vor dem Kadi keinen Respekt hatte, geschweige denn vor dem eigenen Vater, verheiratet wäre.

Wo sich das junge Mädchen herumgetrieben hatte, wußte niemand; den Schmähungen, den Nachrufen zeigte sie keine Aufmerksamkeit. Im Gegenteil, alle Nachrufe verhärten sich in ihrem Herzen. Und sie schwor Rache all denen, die schlecht über sie redeten.

Der Vater, gebrochen an Herz und Seele, richtete sich nur durch die fürsorgliche Behandlung seiner Ehefrau wieder auf, die ihm im Laufe der Zeit, vier Söhne und eine Tochter gebar. Einer der Söhne ist Brahim, der zweitgeborene. Ein Leben lang waren die Verbindung von Vater und Tochter unterbrochen. Der Vater war drauf und dran, das Testament so zu verfassen, dass diese Tochter, die ihn nur Schande ins Haus gebracht hatte, keinen Erbteil haben sollte. Er schaffte es aber nicht, nicht einmal, als er von der fürchterlichen Scheidung von Miloud, dem dritten Mann, dem sie mehrere Kinder gebar, erfuhr.

Einmal im Leben kam Sohra ins Haus des Vaters. Er hatte ihr einen Hauskauf finanziert, doch ihr damaliger Mann wusste ein besseres Haus zu kaufen. Er, Cerkas, nahm das Geld, das der Vater vorgestreckt hatte, und kaufte mit weniger Mitteln ein anderes. Auf seinem Namen. Das war der Trick. Denn als es zur Scheidung kam, stellte sich heraus, die Sohra sei gar nicht Hausbesitzerin.

Natürlich verklagte sie ihren Mann, der mittlerweile, vier Frauen geheiratet und sich im Laufe der Zeit fünf Taxen angeschafft hatte, die auch täglich immer mehr Geld bringen, so dass er sich ohne Einschränkungen vier Frauen leisten kann.

Da nun der Richter von ihm verlangte, er solle für seine Sohra, die ihm das Leben wahrscheinlich gerade zur Hölle machte, sorgen, zeigte sich, dass er als der Ärmste aller Armen vor dem Richter stand. Die Häuser und alles, was er besitzt, gehören nicht ihm, sondern waren unter dem Namen seiner letzten Frau registriert.

Als sein leiblicher Sohn krank wurde, war er nicht fähig, auch nur einen Dirham auszulegen, um für das kranke Kind die nötigen Medikamente zu kaufen. So betrogen, so hilflos, so aufgeregt erschien Sohra im Hause der Eltern. Des Vaters und der Stiefmutter. Nachdem sie alles von dem Unglück, das sie getroffen hatte – dem unglaublichen Unglück – erzählt hatte, brachen alle, die die Klagen hörten, in Tränen aus. Die Stiefmutter jedoch war so von der harten Ungerechtigkeit der Welt betroffen, dass sie krank wurde. Sie bekam Pusteln auf der Haut, am ganzen Körper. Gottlob traktierte der Arzt sie nicht mit Spritzen, wie es meist üblich ist – noch dazu schwere Penicillin-Einheiten – , er hatte sofort erkannt, hier liegt eine allergische Reaktion vor. Was musste getan werden? Sie und ihre Nächsten mussten nach dem Schwefelbad Moulay Yacoub gebracht werden. Woher das Geld für die Reise nehmen? Auto mieten, Übernachtung, Essen, immerhin für fünf Personen … fiel auf meine Tasche. Gott werde es mir zurückzahlen![6] Ein schöner Trost.

Tatsächlich waren Mutter und Tochter geheilt, als sie nach einer mehrtägigen Kur nach Marrakech zurückkehrten. Damit war das Problem der Scheidung aber noch nicht gelöst. Alle Familienmitglieder wussten, keiner sollte sich mit Sohra einlassen. Wer es dennoch tut, wird schmerzliche Erfahrungen machen. So auch ihre Tochter, die in Casablanca lebt, weil sie dort mit ihrem Mann, der nicht von der Sohra gebilligt war, ruhiger lebte, als in der Nähe ihrer Mutter.

War es ein Zeichen des Himmels, dass Brahim Sohras Tochter in Casablanca mit Kind auf der Straße sitzen sieht, wo sie die Hand ausstreckt, um Geld zu erbetteln? Er war, als ich ihn wiedersah, ganz niedergeschlagen darüber, dass ihn das getroffen hatte:

– Schuld der Sohra, die sich in alle Angelegenheiten eingemischt hat. Die immer Recht hat, wenn sie nur den Mund aufmacht, die ständig die Dominante im Haus und auf der Straße ist. Eine Kommandeuse. Der man lieber aus dem Weg gehen sollte.

Diese Frau also, die vom Vater nicht einen Heller erben sollte, verklagt Brahim, der als Verwalter des Erbes für die Familie eingesetzt ist, obwohl er der Zweitgeboren ist. Der Vater, noch rechtzeitig, hatte dem Erstgeborenen das Recht abgenommen, das Erbe zu verwalten und zu verteilen, da er Säufer ist, ständig betrunken ins Haus kommt und Krach und Alarm schlägt.

Den Brüdern, dem Säufer zuerst, bezahlt er die ihnen zustehende Summe von einem Viertel des Wertes des Hauses, nachdem die Mutter ihren Teil davon genommen hatte. Der, nun mit Tausenden in der Tasche, leistete sich ein Taxi, um an die Küste nach Essaouira zu fahren, wo er im Hotel eine Suite mietete und sich volllaufen ließ, bis er nach drei Tagen fast besinnungslos nach Marrakech abtransportiert und dort in einem Hotel abgeliefert wurde, in dem er ausschlafen konnte. Kaum nüchtern, war die Flasche wieder am Hals; er soff und soff, bis kein Hundertstel nach blieb.

Der Fall war erledigt, vorerst. Die beiden anderen Söhne wurden abgefunden, wie, habe ich nie richtig verstanden. Ich weiß nur, ich hatte einmal eine Garage gekauft, weil sie günstig zu haben war. Dieses *Dach über dem Kopf* gab Brahim als Erbteil dem Tischler, der sich dort einrichten konnte, wie er wollte. Genau so war es mit einem Haus, in dem der andere Tischler sich zum Wohnen einrichtete.

Die Söhne waren also abgefunden, Brahim, bis auf die drei Achtel der Schwester, Herr im Hause. Dennoch konnte er die Arbeiten nicht ausführen, die er wollte, weil er eben nicht alleiniger Besitzer war. Wenn er die vier Läden wie geplant einbaut, steigert sich der Wert des Hauses, so dass die noch auszuzahlenden Schwestern einen größeren Teil beanspruchen konnten.

Was geschah aber nun? Nachdem sich vier Jahre hinschleppten und von Brahim keine Geldmittel mangels Arbeit aufgetan wurden, vertrösteten sich zwar die beiden Schwestern, weil sie einsahen, Brahim hat kein Geld zum Bezahlen, doch verklagt ihn Sohra. In der ersten Runde wurde entschieden, Brahim habe zu zahlen. Nicht nur die ihr zustehende Summe, sondern auch die Rechtsanwaltskosten.

Nichts geschah, was sollte schon geschehen?

Nach einem Jahr erneute Vorladung. Die Summe verdoppelte sich, weil jetzt an Sohra auch noch die angefallenen Miete zu zahlen war. Wenn Brahim jetzt nicht bezahlt, wird das Haus unter den Hammer kommen. Was das bedeutet, weiß jeder, der schon mal ein Haus versteigern ließ. Es bringt nichts für den Verkäufer, aber einen großen Gewinn für den Käufer.

Da muss ein Schlussstrich gezogen werden. Weil ich gerade die Auszahlung von Festgeldern meiner Mutter gutbeschrieben bekam, schoss ich über 20.000 harte Deutsche Mark vor, und in zwei Tagen ging die Auszahlung der Erbschaft über die Bühne. Schnell und kurz entschlossen. So wurde also Brahim noch von meiner Abreise Hausbesitzer. Natürlich hatte Sohra nicht versäumt, die beiden anderen Schwestern von ihrem Schlag zu erzählen, obwohl sie nicht geneigt waren, dieser bösen Zunge zu folgen. Sie forderten einen Bruchteil mehr als ihnen zustand. Das fand ich berechtigt, da immerhin das Geld an Wert verloren hatte.

Die beiden Schwestern wurden am gleichen Tag, getrennt voneinander, vor den Kadi geladen, eine nach der anderen unterschrieben, sie hätten ihren Teil erhalten, denn so war wenigstens verhindert, dass Sohra Gelegenheit hatte, mit ihnen über ihren eigenen Reibach zu sprechen.

Als die beiden abgefunden waren, bat Brahim seine Halbschwester zum Kadi ins Haus. Dort erzählte, von Frau zu Frau, die Frau des Kadi, sie bekomme jetzt das Geld und müsse nur unterschreiben, sie habe ihren Erbteil ausgezahlt bekommen.

Sohra, die sich überrumpelt fühlte, wollte mit ihrem geschiedenen Mann Miloud über die Affäre reden, in Wirklichkeit wollten sie aber die Schwestern unterrichten, sie sollte mehr fordern.

Doch die Frau des Kadi, der Brahim eine Runde Summe für den gereichten Tee in die Hand gedrückt hatte, überredete Sohra, die Angelegenheit sofort zu Ende zu bringen.

Tatsächlich gelang es der Frau, als das Geld winkte, Sohra zur Unterschrift zu bringen. Damit war die Erbschaftsangelegenheit für die folgenden Geschwister erledigt erledigt. Brahim musste nur noch obendrein 14 % Steuern bezahlen. Brahim als Hausbesitzer.[7]

Brahim erzählt: Sami will sein Haus verkaufen.

Er findet einen Käufer, der bereit ist, den geforderten Preis zu zahlen und die Bedingung einzugehen, die mit dem Hausverkauf verbunden sind: Ein Stück Wand von etwa 20cm soll Eigentum des Verkäufers bleiben.

— Na, schön, denkt Hassan, der Käufer, was will er schon mit dem Stückchen Wand anfangen? Und schließt den Vertrag vor dem Kadi. Er kauft das Haus ohne die 20cm Wand.

Er zieht mit seiner Familie ein, richtet das Haus nach seinen Bedürfnissen her und freut sich über den Besuch des Verkäufers, der sein Stückchen Wand besichtigen will.

Sie tauschen gute Wünsche aus und versprechen, sich wiederzusehen. Als die Besuche zur ständigen Einrichtung ausarten, bleiben die guten Wünsche aus. Schließlich wird das Eindringen in den Familienbereich als lästig, sogar als Zumutung empfunden.

Eines Tages schlägt Sami einen heftigen Nagel in seine Wand, da kommt es zum Streit, der wortreich geführt wird, aber ohne Wirkung bleibt, im Wind verhallt.

— Was soll der Nagel in der Wand? Da Käufer und Verkäufer nun kein Wort mehr miteinander wechseln, bleibt die Sache ungeklärt.

Sami weiß sehr wohl, was der Nagel zu bedeuten hat. Er hängt daran den Kadaver eines Hundes, den er auf der Straße gefunden hat.

Entsetzt nehmen Hassan und seine Familie den Vorgang zur Kenntnis. Der Anblick ist abscheulich, der Gestank, der sich im Haus ausbreitet, unerträglich, widerlich.

Erklärungen, Gespräche, Drohungen, Streit …

Sami ist nicht bereit, den Kadaver aus dem Haus zu schaffen. Da bleibt nur eine Lösung, das Haus wieder zu verkaufen. Kein Käufer findet sich, der auf die Bedingung eingeht, nur Sami erklärt sich großzügig bereit, das Haus zu kaufen.

Natürlich zum halben Preis.

So war's.[8]

11

Brahim und der Hadj gehen zum Funduk

… um die Angelegenheit zu regeln, um die ihn ein Freund des Hauses gebeten hatte. Ein Mieter weigert sich, ihm die Miete zu zahlen.

Im Funduk großer Menschenauflauf, was ist geschehen?

Dem Sidi Mohammed ist der Kopf abgeschnitten. Keiner weiß wer der Täter ist, wo er ist.

Da der Hadj den Vermieter nicht findet, geht er mit Brahim zu seiner Frau. Sie sagt ihm, ihre Tochter sei bei ihr gewesen und habe erzählt, ihr Mann sei mit einer Blut überspritzten Djellabah dort gewesen, um sich zu waschen und eine reine Djellabah anzuziehen. Dann hätte er das Haus mit den Worten verlassen, grüße deine Mutter, ich komme nicht wieder. Ich geh' ins Gefängnis.

Die Tochter hat dies Gerede für Spinnkram genommen. Aber der Hadj und Brahim hatten die Tat durchaus ernst genommen. Sie gingen daraufhin zum Kommissariat, wo die Polizisten den Spinner, wie sie sagten, in den Keller geschickt hätten, damit er sich abkühlen kann. Denn er war gekommen, um ihnen zu erklären, er habe gerade einen Mann umgebracht, ihm mit dem Messer den Hals durchgeschnitten.

Die Sache war klar. Der Vermieter hat den Mieter getötet, weil er nicht die Miete bezahlen wollte.

Brahim stellte fest, der Vermieter habe mit dem Habous, dem das Haus gehörte, einen Vertrag, wonach dieser die Miete bezahle.

Dass der Vermieter auch noch weitere Zimmer vermietete und auch Schlüsselgeld verlangt hatte, wussten sie nicht, oder sie wussten es und duldeten dieses Geschäft, da sie auch davon profitierten.

Aber, dass die Sache in Rabat aufflog, wurmte den Vermieter. Und das hatte der Mieter getan: Er hatte nach Rabat, an den höchsten Nasr geschrieben und nach der Rechtslage gefragt. Das war eine Beleidigung für den Vermieter, die nur mit dem Tod gerächt werden kann.

Dabei war der Vermieter ein rechtschaffener Mann, der ständig seine Gebete verrichtete, der seinen Koran kannte, der die Pilgerfahrt vor sich hatte.

Er hinterlässt jetzt eine Familie mit sieben Kindern. Auch der Ermordete hinterlässt eine Familie, Frau und Kinder, um die sich jetzt kein Mensch kümmert.

12

Die Arbeiter

… sollten 12m² Kacheln an die Wand legen.

Montag war vorgesehen.

– Ja! Ja! Ich komme, sagte der Meister, der Malim.

Dienstag ist er immer noch nicht gekommen. Mittwoch geht Brahim einen anderen suchen.

– Ja, er kommt bestimmt am Donnerstag.

Donnerstag morgens um 8:00 Uhr sollen die Arbeiten beginnen. Der Hadj ruft bei der Bonne an, sie solle im Haus sein, denn sie habe den Schlüssel. Der Monsieur sei nach Essaouira gefahren, angeblich.

Um 8:30 Uhr ist immer noch kein Malim gekommen; jedenfalls erscheint die Bonne, damit die Tür geöffnet werden kann.

– Warum kommt der Malim jetzt nicht?

– Du weißt, er spielt am Abend gerne Karten, das zieht sich manchmal bis spät in die Nacht. Und am Morgen kann er dann nicht aufstehen. Und wenn er schläft, weiß er auch nicht, dass er eine Verabredung hat. So kommt es, dass er nicht pünktlich ist.

Arbeitsauffassung! Sagt man bei uns dazu!

Lallah Khadouch fragt, als die Arbeiter dann doch noch gekommen waren. ob nicht jemand von den Arbeitern den Abfluss reinigen könne.

Es stinkt daraus schon ganz erbärmlich. Sie fragt den Hadj, ob er den Arbeiter fragen könne, damit er die Säuberung übernimmt. Der Hadj antwortet:

— Der Arbeiter ist gekommen, um die Kacheln zu setzen, nicht um Abflussrohre zu reinigen.

— Und wie wär's, wenn der Hadj selbst die Arbeit übernimmt?

— Na, das weiß ich nicht, ich kann den Hadj nicht fragen, antwortet einer.

Der Hadj kommt und holt das Geld für das Essen, das die Arbeiter haben möchten. Dazu das Geld für den weißen Zement. Und es kann sein, dass auch noch ein Karren Sand gebraucht wird. Bei der Gelegenheit erzähle ich, ich hätte schon einmal Abflussrohre gereinigt, aber heute Morgen sei mir gar nicht danach.

— Du fährst schon wieder nach Rabatt über Fez. Warum wählst du nicht den geraden Weg, um mir zu sagen, dass ich das Abflussrohr reinigen soll? Du weißt, ich verreise gern und mache auch gerne Umwege.

Er geht und ich rufe ihm nach:

— Heute Morgen noch!

Jetzt bin ich gespannt ob er das Abflussrohr reinigt.

13

Goldsuche Moulay-Skoura Tameslouht

Aladin und die Wunderlampe standen am Anfang.

— Hier, an diesem Platz, hier in der Küche, ist Gold vergraben.

Ich wunderte mich.

— Reines Gold. Du weißt: In jedem Haus ist ein Schatz vergraben …

Staunen.

— … in alten Zeiten. Wir fragten den M'qedem.[9] Der schleppte einen Alten her, der ein Glas Wasser in der Hand hielt. Überall konnte er es ruhig halten, aber als er durch die Tür wollte, verkrampfte sich sein Arm und er war unfähig das Glas auszukippen. Ich nahm ihm das Glas aus der Hand, dann trat er ein. Hier, an dieser Stelle, nahm er wieder ein Glas in die Hand, fing an zu zittern, stieß einen Schrei aus und bekam keine Luft mehr. Wir nahmen ihm das Glas aus der Hand, kippten das Glas leer. Große Erleichterung überall. Wir waren sicher, hier muss die Stelle sein, wo das Gold vergraben ist. Wir gruben ein Loch, nahmen die Erde heraus. Das war letzte Woche, du weißt, das kann man nur bei Mondschein. In zwei Metern Tiefe fanden wir eine Kiste, so wie du sie bei dir hast. Du weißt, solch eine Holzkiste …

— Na, und?

Als wir die aufmachten ..., die war schwer hochzukriegen, wir mussten Leinen legen. Mit drei Mann haben wir sie hochgezogen. Der Deckel war zu. Als wir ihn aufmachten, war die Kiste voll Erde. Da haben wir sie wieder in die Grube gelegt. Der Teufel hat aus dem Gold Erde gemacht. Dann haben wir alles wieder zugeschüttet. Und du wirst sehen, der Teufel macht aus Erde auch Gold. Du musst nur warten.

14

Brahim – Erbe II

<u>Sorah,</u> die Halbschwester von Brahim, sollte, wie wir schon wissen, von ihrem Vater nichts erben, da sie, als sie heiraten sollte, einen großen Skandal verursacht hatte, der ihren Vater ins Gefängnis gebracht hatte.

Ein Leben lang hatten sie, Vater und Tochter, Stiefmutter und Stieftochter, Töchter und Tochter, die Geschwister keinen Kontakt zueinander.

Erst als der Vater im Sterben lag, meldete sich Sorah, Tränen in den Augen, Krokodilstränen, denn sie ahnte, dass geerbt werden wird, auch wenn sie sich ein Leben lang nicht um die Familie gekümmert hatte.

Der Vater starb. Und prompt meldete sie ihre Ansprüche an. Da Brahim kein Geld mehr hatte, nachdem die Brüder ausgezahlt waren, ließ er die Mädchen warten. Mit ihrem Einverständnis. Zwei seiner Halbschwestern waren zufrieden mit dem, was sie besaßen und warteten.

Sorah rief den Richter, bestach Rechtsanwälte und ließ sich die Summe mit Aufpreis für das Warten auszahlen. Die Sache ging schnell über die Bühne, damit die andern Mädchen nicht auch auf die Idee kämen, mehr zu verlangen, als ihnen ursprünglich zustand.

Woher hatte Sorah die Information, Brahim habe 100 Millionen versteckt?

Von einem Mann, der als Arbeiter unter Brahims Vater gearbeitet hatte. Er öffnete die Wasserläufe, bemaß die Zeit des Wasserlaufens auf die Felder und kassierte für den Verbrauch. Ob er immer seinem Vater diente, der das ganze Gebiet zu übersehen hatte, ist nicht gewiss, jedenfalls konnte er sich einen Unterarbeiter leisten, der sich von dem Geld, das dieser verdiente, wiederum zwei Kühe kaufen konnte.

Jedesmal, wenn Sorah zu den Verwandten aufs Land fuhr und mit dem Arbeiter und seiner Frau sprach, war sie fest entschlossen, mit Brahim über die Millionen zu sprechen. Sie bestand darauf, ihr das ihr zustehende Erbe auszuzahlen. Aber Brahim hatte kein Geld, wenn ich es ihm nicht gab. Schon gar nicht versteckt, erst recht nicht in meinem Hause, wie die Sorah vorgab.

Der Arbeiter trat als Zeuge vor Gericht auf. Er sagte aus, der Vater Ben Mohammed habe ein Vermögen hinterlassen, das Brahim versteckt hielte. Keiner konnte das Geld finden, aber die Sticheleien seitens des Arbeiters nahmen kein Ende. Sicherlich hatte Sorah ihm einen großen Anteil versprochen, wenn nur das Geld gefunden würde.

Um die Erbschaftsangelegenheit zu bereinigen, rückte ich 20.000 DM heraus, die mir meine Mutter als Festgeld hinterlassen hatte. Damit war das Haus in Brahims Hand, allen Anfechtungen gegenüber immun. Keines der Kinder hatte auch nur den geringsten Anspruch anzumelden. Keines hatte auch nur einen Ziegelstein zu beanspruchen. Aber die bösen Gerüchte von dem versteckten Geld wurden weiterhin vom Arbeiter geschürt, immer in der Hoffnung auf Gewinn.

Da kommt die Katastrophe: Regenmassen überschwemmen das Land, Brücken brechen ab, Straßen verfallen, ganze Häuser, ja Dörfer fallen dem Regen zum Opfer. Sie werden die Berghänge hinuntergerissen, zerbarsten, alles wurde zerstört und mit ihnen die Menschen, die gerade in der Nähe waren. So fällt auch der Arbeiter von Brahims Vaters den Regengüssen zum Opfer. Er hinterlässt seine Frau und eine Tochter, die er vom Bruder von Brahims Mutter angenommen hatte, denn dort waren 14 Kinder und eins zu viel. Das Kind wurde als eigenes großgezogen, es heiratete und ist nur zum Teil erbberechtigt.

Wie dem auch sei, da keine Kinder aus der Ehe entsprungen sind, geht das Erbe an den nächsten männlichen Verwandten. Das ist der Bruder des Mannes. Er wohnt in Casablanca. Aber die Kunde von dem Tod seines Bruders ruft ihn unverzüglich an den Ort des Unfalls. Nicht etwa, um die Trauergemeinde zu vervollständigen, sondern um das Erbe einzutreiben.

Alles, was er im Haus findet, beschlagnahmt er. Da waren acht Teppiche für die Trauerfeier ausgelegt. Vier, die der Frau gehörten, und vier waren von den Nachbarn geliehen, um wenigstens in der letzten Stunde noch ein angemessenes Milieu zu schaffen.

Der Bruder reklamiert auch die vier geliehenen Teppiche für sich, denn er meint, die Frau lüge, unterschlage etwas. Er beansprucht auch die beiden Kühe, die der Arbeiter seines Bruders von seinem Geld gekauft hatte. Die Beteuerungen, diese seien sein Eigentum, nimmt der Bruder ebenfalls als Lüge. Auch sie sollen verkauft werden, das Geld will er einkassieren.

Schließlich kommt es zur Anklage vor dem Richter. Die Frau ist aufgefordert mit allen Unterlagen vor dem Kadi zu erscheinen. Da bricht wieder die Flutwelle los. Der Oued Nfiss,[10] der als kleiner Bach, als Rinnsal durch die Landschaft floss, wird zu einem reißenden, wilden Fluss, der Ufer zerreißt und überschwemmt. Keine Möglichkeit diesen reißenden Fluss zu überqueren. Kein Taxi, kein Lastwagen. Doch viele Leute drängen, sie müssten in die Stadt nach Marrakech, aus den verschiedensten Gründen. Da entschließt sich ein Lastwagenfahrer, den Durchbruch durch die Flut zu wagen. Leicht finden sich 50 Personen, die auf die Ladefläche klettern. Zusammengepfercht unter lautem Geschrei setzt der Lastwagen zum Sturm durch die Fluten an. Diese sind stärker, der Wagen rutscht, gleitet aus, kippt und stürzt. Und mit ihm kreischend, schreiend um Hilfe rufend die ganze Belegschaft auf dessen Plattform. Viele ertrinken unter der Last der anderen, unter der Last der Lastwagenbretter werden viele tödlich verletzt. Die Frau im Chaos der Untergangsstimmung.

Keiner vom nahen Ufer kann retten, was sich selbst nicht retten kann. Die Fluten sind zu stark.

Der Frau gelingt es mit Verletzung wieder ans Ufer zu kommen. Entkräftet, aber das Leben gerettet, wird sie ins Haus gebracht und mit ihr noch weitere Überlebende. Die Leichen werden aus dem Wasser geholt, als die Flut nachlässt. Vielleicht ist auch vom Lastkraftwagen etwas zu retten. So viel zeigt sich: Die Papiere, die die Frau brauchte, um ihren Besitz zu dokumentieren, sind verloren. Weggespült mit den Fluten. Wenn sie je wieder auftauchen sollten, werden sie unlesbar und unbrauchbar sein. Der Bruder des des Mannes wird erben, auch was ihm nicht zusteht.

Hauskauf in Marrakech

– Ja, die Papiere sind alle in Ordnung, schwor Moulay Mustapha, der mich einlud, seinen Landsitz in Richtung Béni Mellal zu besuchen. Er wird dort ein großartiges Fest für mich geben. Mit Achoura und allen Tänzern der Gegend. Das erste, was zu erledigen ist, um meine Ernsthaftigkeit am Kauf unter Beweis zu stellen, ist: Ich muss einen Vorschuss leisten.

– Ich zahle keinen Pfennig im Voraus, war meine Reaktion. Denn dieses Drama hatte ich schon bei Michael Buthe[11] erlebt. Der Verkäufer forderte 4 Millionen Centimen, und als er sie in der Tasche hatte, stieg der abgemachte Verkaufspreis auf 7 Millionen. Als schließlich die Papiere ausgestellt waren, zeigte sich, dass eine Schwester als Erbin auftrat, die mit dem Kaufpreis nicht zufrieden war. Also musste wieder erhöht werden. Diese Vorsicht beim Geldgeben war durchaus angebracht. Da Brahim aber die Forderung des Verkäufers als berechtigt hinstellte, jedenfalls als üblich, erklärte ich meine Bereitschaft 1 Million, das sind 10.000,- DM, herauszurücken. Gegen Quittung, die bescheinigt, der Hauskauf ist beabsichtigt. Jetzt konnten die Verhandlungen also vor sich gehen. Ich übertrage alle Vollmachten auf Brahim. Als er mit dem Adulh, dem Gerichtsschreiber, oder wie ich ihn nennen soll, den

Kauf besprach, verlangte er zunächst einmal die Papiere und wollte wissen, ob die Steuern bezahlt sind. Es musste eine offizielle Anfrage gemacht werden, dass das Haus verkauft werden soll. Die Genehmigung dazu zog sich eine Woche hin, denn der Verkäufer war nicht bereit, sich in das Steuerbüro zu begeben. Die Anfrage wurde geschrieben, und nach drei Tagen kam die Antwort. Das erste Dokument war beschafft. Jetzt also wieder zum Schreiber. Dorthin brachte der Erbe Moulay Mustapha die Papiere, die das Erbe bestätigten.

Der Adulh stellte fest, der Vater habe zwar das Haus seiner Frau und den beiden Kindern, der Tochter und dem Sohn vererbt, aber der Vater hätte nicht vom Großvater geerbt. Es kann also passieren, wenn Onkel und Tanten aus der Familie auftauchen und plötzlich ihre Ansprüche anmelden, dass nur der Teil des Hauses verkauft werden kann, der den drei Erben gehört. Das kann unangenehme Folgen haben und zu Zahlungen führen, zu endlosen Forderungen seitens der Erben, die bisher nicht aufgetaucht sind. Wie im Falle Buthe. Brahim sagt mir, wenn wir diesen Vorgang dem Richter überlassen hätten, wäre der Adulh reingefallen und ihm wäre die Konzession entzogen worden. Zu spät!

Aber soll sich der Vorgang wiederholen? Moulay Mustapha drängt jeden Tag auf Zahlung. Er hat, was den Verkaufspreis anbelangt, seine Schwester und seine Mutter belogen, statt

200.000 DH – das ist der Preis, den ich zahlen werde – hat er seiner Mutter und Schwester gegenüber gesagt, er bekäme nur 170.000 DH für den Verkauf. Natürlich will er Brahim überreden, ihm sogar eine Summe X geben, wenn er den Verkauf schnell, rechtmäßig oder nicht, über die Bühne bringt. Brahim lehnt jede Annäherung ab. Selbst das Versprechen, ihm eine Arbeit zu verschaffen, verführt ihn nicht, Unregelmäßiges zu tun.

Was ihm aufgefallen war: Schon beim Bezahlen des Wächters der Autos zeigte er sich als Geizhals. Statt der fünf DH, mit denen jeder nächtliche Wagenstadt honoriert wird, zahlte er nur zwei. Er war immerhin so freundlich, Brahim in seinem Auto mitzunehmen. Doch kaum war die Sache auf dem Gericht besprochen, setzte er sich ins Auto und winkte: Auf Wiedersehen! Keine Rede davon, Brahim wieder mit zurück zu nehmen, wie es sich gehört hätte, für europäisches Denken.

Ich denke daran, wie sensibel Brahim in Wirklichkeit ist. Er hat Moulay Mustapha nochmals eindeutig erklärt, ich würde keine Centime herausrücken, bevor das Haus nicht geräumt ist, ich also den Schlüssel in die Hand halte und alle Papiere in Ordnung seien.

– Die Reichen, sagt Brahim, haben einen Teil des Djemaa el Fna gemietet und zahlen der Stadt 15.000 DH pro Monat, wo die Autos parken dürfen. Das war auch für mich eine Neuigkeit. D.h.

also, die Parkwächter müssen jeden Abend einem Boss die Tagessumme ausliefern.

Brahim zwinkert und fügte hinzu, sie würden natürlich schwindeln, wie sollten sie sonst überleben?

Moulay Mustapha lässt mich durch seine Bedienstete holen. Ich weigere mich, da ich Siesta halte. Ich betone nochmals, ich wolle nicht vor drei Uhr nachmittags gestört werden.

Er wünscht, ich würde mit ihm reden, was nur darauf hinausläuft, dass er mich bittet, dies oder das aus Deutschland mitzubringen. Ich kenne diese Gespräche, die mit Freundlich- und Herzlichkeit anfangen und entweder mit Fragen nach Mitbringseln oder Fragen nach Sex enden.

Da ich gewappnet bin, weiß ich bereits meine Antworten. Mit einem freundlichen Lächeln verweise ich auf mein schwaches Kreuz, das leider nicht erlaubt, viel zu tragen. Jetzt weigere ich mich überhaupt, noch zum Verkäufer zu gehen um jeglichem Gespräch auszuweichen.

Im Augenblick ist Brahim mit Moulay Mustapha auf dem Büro des Schreibers, denn Moulay Mustapha hat die Papiere gefunden, die seinen Vater als alleinigen Erben ausweisen. Brahim ist bereit, mit ihm zum Adulh zu gehen, um feststellen zu lassen, ob Moulay Mustapha zwölf Zeugen heranschaffen muss, die schwören, das Haus sei seinem Vater von seinem Großvater überlassen worden und dass keine anderen Erben auftreten würden. Wenn das der Fall ist, wird also weiter nach Ordnung in den Papieren gesucht. Sind die Steuern bezahlt, das Licht und Wasser? Und so weiter. Es zeigt sich, die Papiere bestätigten nicht das, was erwartet wurde. Sie sind zwar alt, aber beziehen sich nicht auf das Erbe des Hauses. Es müssen also zwölf Zeugen heran, die beschwören, das Haus gehöre rechtlich den jetzigen Eigentümern. Weiter nichts!

Hassan sagt, auch schon zwölf Zeugen hätten falsch geschworen. Wie soll ich mich denn gegen Unredlichkeiten schützen? Wenn wirklich noch ein Erbe auftauchen sollte, muss er mir schlimmstenfalls die Summe zurückgeben, die wir im Grundbuch, im arabischen Grundbuch ,eingetragen haben oder aber ich bin verpflichtet, den Teil, den der Erbe beansprucht, auszulösen. Wie Michael Buthe es hat tun müssen. Doch auch dort wäre Gelegenheit gewesen, den Adulh zu verklagen, weil er Papiere ausgestellt hat, die nicht in Ordnung waren.

Ich kann nur immer wieder warnen. Doch wie sich zeigt, werden nachher immer kluge Reden gehalten. Im Augenblick sehe ich keine Komplikationen. Die zwölf Zeugen werden heute Abend vor dem Adulh schwören, das Haus habe seine berechtigten Erben, und die berechtigten Erben wollen das Haus verkaufen. Doch eine Frage bleibt immer noch, welche Summe wollen wir in die Akten setzen? Geplant ist, 120.000 DH, das liegt, wie überall auf der Welt, unter dem Einheitswert. Sollten wir den Verkaufspreis von 170.000 DH einsetzen, der zwischen den drei Erben abgemacht ist, oder soll ich den wirklichen Kaufpreis nennen, den ich bezahlen werde, dann würden die Schwester und die Mutter erfahren, der Sohn habe 30.000 DH eingesteckt. Das soll Brahim heute noch mit dem Adulh regeln. Wir waren auf der Bank und haben 210.000 DH abgehoben. Großes Erstaunen darüber, dass ich so viel Geld abhebe. Man musste nicht erst danach graben, sondern hatte diese Summe bereit. Brahim hatte die Reisetasche aus Indonesien dabei, in die er zwei dicke Pakete, die zu 10×10 gebündelten Geldscheine, steckte.

Wir erreichten ohne Komplikationen das Haus. Ich hatte 10.000 DH in der Tasche, damit wenigstens diese gerettet würden, falls Brahim überfallen werden sollte. Aber kein Mensch wusste natürlich, dass wir, als harmlos Einkaufende, so viel Geld mit uns herumtrugen.

Wir öffneten die Pakete, denn der Verkäufer will seine Schwester und Mutter sofort auszahlen. Ich habe vor, von den restlichen 20.000 gleich 5000 DH zurückzubehalten, denn ich sollte mich sehr wundern, wenn Moulay Mustapha Brahim den versprochenen Anteil gibt. Wir werden sehen, wie sich die Sache entwickelt.

Um 17 Uhr soll der Adulh kommen und die Papiere fertig machen. Der Schlüssel sollte mir übergeben werden, damit ich morgen selbst in das Haus kann, um das Schloss zu wechseln. Ich würde mich wundern, wenn wirklich heute

Abend der Kauf über die Bühne geht. Selbst Brahim hat Zweifel, die versprochenen zweieinhalb Prozent Kommission einstecken zu können. Denn der Moulay Mustapha ist inzwischen eher sauer auf ihn, weil er nicht den Adulh akzeptiert hat, den er vorgeschlagen hatte.

Ihn wollte ich nicht, da ich vermuten musste, der Verkäufer stecke mit ihm unter einer Decke und mache falsche Angaben über die Erben, wie schon geschehen.

Hassan hat den Namen der neuen Besitzerin, Frau Felicitas C. Karg-Baumeister[12], auf Arabisch niedergeschrieben, damit der Adulh keine Schwierigkeiten hat, den Namen selbst zu schreiben. Ich hatte zwar darum gebeten, auch in lateinischen Buchstaben wenigstens *Karg* zu schreiben, aber es schien, der Adulh sei nicht in der Lage, auch nur einen einzigen lateinischen Buchstaben zu schreiben.

Der Adulh und ein zweiter – wer das ist, weiß ich nicht –, wahrscheinlich auch ein Adulh, sind gekommen, sie haben sich das Haus an allen Ecken und Enden angeschaut. Ich weiß nicht, was da geredet wurde, jedenfalls stelle ich fest, ein Zimmer ist noch immer verschlossen. Ich frage, was damit sei.

– Ja, da wohnte meine Mutter, meine Stiefmutter, sie hat dort noch Sachen untergestellt. Die werden wir morgen früh ausräumen.

Ich platze vor Wut. Sie hatten 14 Tage Zeit gehabt, das Haus leerzuräumen, jetzt wo ich den

Kauf perfekt machen will, sagen sie mir, sie würden morgen das Haus leerräumen. Was sind das für Versprechungen? Ich rücke keinen Sous heraus, wenn das Haus nicht leer ist. Das ist die Bedingung.

– Hören Sie mein Herr, ich war damit beschäftigt, die Papiere in Ordnung zu bringen, ich hatte nicht die Zeit.

– Seit 14 Tagen wussten Sie, das Haus soll verkauft werden, seit 14 Tagen hätten sie genug Personal besorgen können, um das Haus leerzuräumen. Jetzt erzählen Sie mir, ich solle bis morgen warten.

Jedes Mal ist es ein anderer Morgen und jedes Mal ist es die gleiche Situation: Versprechungen über Versprechungen. Da ich weiß, im Arabischen gilt schon das Wort, ist für sie bereits der Auszug geschehen, wenn auch nur davon geredet wird.

– Hören Sie mein Herr,

– Bitte kurz, was wollen Sie mir sagen?

– Kurz, die Frau war verreist, sie konnte das Zimmer nicht leer machen.

– Seit 14 Tagen wissen Sie, dass das Haus verkauft werden soll. Warum werden die Bedingungen nicht eingehalten, die abgemacht waren?

Ich werde wütend, weil ich immer noch hinhören soll. Ich bin es leid, auch nur noch eine Silbe zu hören! Wütend verlasse ich das Haus.

Irgendwer will mich überreden, dahin mitzukommen, wo die zwölf Zeugen sind. Ich gehe nicht, weil die zwölf Zeugen nicht meine Angelegenheit sind. Immer noch wütend, heulend und zähneklappernd wende ich mich meinem Haus zu. Völlig erschöpft lasse ich mich dort auf dem Sofa nieder.

Als der größte Ärger verraucht ist, kommt Brahim. Er bringt das Geld wieder mit. Keinen Pfennig rücke ich heraus. Er sagt mir, der Adulh wird morgen wiederkommen, wenn es sein müsse.

– Er kann kommen, wenn das Haus leer ist, wenn die Bedingung des Kaufes erfüllt sind.

Jetzt also wird das Haus ausgeräumt.

Ich sage Brahim, ich sei bereit, dem Adulh nochmal einen Schein zuzustecken, wenn er wiederkommt. Natürlich ist Moulay Mustapha außer sich vor Wut. Ich fürchte, seine Wut wird sich auf die andern übertragen, so dass ich hier im Derb keine Minute Ruhe haben werde. Abwarten.

Ich fange an, mich zu beruhigen, sicherlich werde ich heute Abend ausgehen, aber wohin? Lust dazu habe ich nicht. Vielleicht sollte ich zu Lorette gehen, sie wirkt immer beruhigend. Nun will ich erstmal abwarten, was Brahim sagt, wenn er zurückkommt.

Wenn Moulay Mustapha seine Wut bei der Polizei auslässt, was dann? Dann sind meine Tage gezählt? Ich glaube nicht, dass er dazu eine Handhabe hat. Denn bisher ist es so, dass er seine Versprechungen nicht erfüllt hat. Soll er seine Versprechungen erfüllen.

Morgen ist Freitag, der 8.4.1988,[13] ein ganz schlechtes Datum für eine Aktion oder ein sehr gutes? Ich habe zwar immer Pech mit der 4, aber vielleicht habe ich mir das auch nur eingebildet. Morgen ist Freitag, ich weiß nicht, ob der Adulh am Freitag, dem Sonntag der Muslime, arbeitet. Schon allein die Tatsache, 14 Tage zu benötigen, um seine Papiere in Ordnung zu bringen, sagt ja schon, dass nichts in Ordnung ist. Soll er sich doch aufregen. Aber *ich* habe keine Lust, mich noch weiter aufzuregen. Jetzt geht die Sache in rot weiter, da mein Farbband wirklich am Ende ist. Doch ist Brahim noch nicht zurück. Das nehme ich als gutes Zeichen, denn wenn die Sache aufgeflogen ist, wäre er schon gekommen. So aber scheint es, dass die Zeugen, einer nach dem anderen, aufgerufen werden. Und bezeugen!

Der Freitag war ohne sonderliche Aufregung verstrichen. Brahim kam – mort!, tot – von der Prozedur der zwölf Zeugen. Der Adulh hatte nicht gewollt, dass da junge Männer als Zeugen auftraten, denn sie können den alten Vater nicht gekannt haben. Die ganze Schreiberei, der ich entflohen bin, hatte immerhin mehr als drei Stunden gedauert. Ich wäre verrückt geworden, hätte bei diesem Akt die Geduld verloren.

Der Hauskauf ist auf Montag verschoben, ich bin gespannt, ob ich überhaupt hingehen werde, denn allein die Gegenwart des Moulay macht mich nervös. Mal sehen, ob Brahim alleine die Sache schmeißen kann. Ich hatte ihm schon einmal 210.000 in die Hand gedrückt, so dass er weiß, wie man damit umgeht. Was kann ich im Grunde dazu tun? Wenn der Akt vor dem arabischen Rechtsanwalt, dem Adulh, vor sich geht.

Heute Morgen ist Brahim zur Steuerbehörde gegangen, um eventuell die Summe, die wir mit 120.000 angegeben haben, wenigstens auf 170.000 zu erhöhen. Das wäre dem Objekt angemessen. Auch frage ich mich, warum wir, um des Vorteils Moulays wegen, nicht die richtige Kaufsumme einsetzen. Er wird sowieso nichts an Freundlichkeiten für uns übrig haben, nachdem er schon so sehr hinter den Papieren her sein musste.

Wie Brahim sagt, kaum ist die Sache über die Bühne, kennt er uns überhaupt nicht mehr. Würdigt uns keines Grußes. Auch die Versprechungen, die er jetzt macht, Brahim könne hier einspringen, dort helfen und werde gut bezahlt. Alles nur, um ihn umzustimmen, den Kaufakt nicht regelmäßiger über die Bühne zu bringen.

Er fällt nicht um. Rührend gerade zu, wie der Adulh ihm die Hand ergreift, um selbst ein bisschen Halt zu finden, nachdem im Hof die Kommission: der Adulh und der Besitzer gestanden und gestanden hat, um zu diskutieren. Eines steht fest. Der Kaufpreis von 120.000, wie sie ihn bei der Steuerbehörde angegeben haben, ist zu niedrig.

Brahim und der alte Mann stehen unter dem Orangenbaum und halten sich die Hände, einer stützt den anderen.

Der Adulh ist im Grunde ein gebrochener Mann, denn er beichtete Brahim, er habe seinen Sohn bei einem Autounfall verloren. Er war die Hoffnung des alten Mannes, mit 25 Jahren tödlich verunglückt, das trifft einen Vater.

Ich muss feststellen, Brahim hat nur Umgang mit Todgeweihten. Jetzt ist auch der zweite Hadj, der ihn ins Herz geschlossen hatte, der ihm auch das Geld für den Umbau geben wollte, tödlich verunglückt, nachdem er Wochen vorher bei einem Autounfall das Augenlicht verloren hatte. Er kam als Blinder wieder zurück nach Marrakech. Hier verkaufte er alles, was er besaß, um sich auf dem Lande einzurichten, und was geschieht dort? Grausam, wirklich grausam. Dort wird er von einem Stier auf die Hörner genommen, nein, er wird durchbohrt von den Hörnern eines Stiers. Die Leber, der Magen, die Därme, alles zerrissen, da war keine Hoffnung mehr, als er ins Krankenhaus eingeliefert wurde. Er starb.

Die Hoffnung auf … ist zerstört.

Jetzt bin ich nur noch gespannt, wie sich der Hauskauf entwickelt. Ich nehme an, wenn ich Brahim heute Mittag sehe, dann wird er mir sagen, ob die Summe bei den Steuerbehörden geändert werden kann.

Heute ist Dienstag der 12. April 1988, 17:45 Uhr … der Hauskauf ist gemacht. Ich bin sicher, dass ich Felicitas gratulieren kann.

Ich wurde gerufen, Brahim hat alles vorbereitet, ich musste nur kommen, war als Schwerkranker mit Schal um den Hals und Gebrechen im Gehen getarnt, kurz: leidend, um nicht noch reden zu müssen. Ich erschien, als die Herren bereits versammelt waren: Der Adulh mit dem Schreiber, den ich auch für einen Adulh halte, der sehr gut Französisch sprach, der Moulay, der das Haus verkaufte und sein Bruder oder wer immer das sein mochte. Brahim und sein Freund Abderrahim saßen an einem runden weißen Tisch, das große Buch, das für die Katastereintragung war, lag vor dem Schreiber. Ob ich Arabisch spräche, ein bisschen. Er fragte weiter, ob ich das Haus kaufen will?

– Ja.

… ob ich für jemand kaufen würde?

– Ja.

… ob ich das ganze Haus kaufen wolle?

– Ja.

… ob die Frau das Haus allein kaufen wolle?

– Ja, kein zweiter Besitzer …

Ich denke an Jochen, der mir gesagt hatte, ich solle das Haus auch in seinem Namen kaufen.

Zwei Käufer würden den ganzen Kauf jedoch nur schwieriger machen und die Kosten verdoppeln. Die ganze Schreiberei dauert fast eine Stunde. Da ich *krank* war, bat ich so schnell wie möglich, wieder davonzukommen. Ich wollte mit dem Verkäufer Moulay Mustapha absolut nicht reden. Wie er mit den beiden Frauen zurecht kommen wird, weiß ich nicht. Soll auch nicht mein Problem sein. Ich hatte Brahim geraten, die zweieinhalb Prozent zurückzuhalten, denn, wie sich der Moulay gezeigt hatte, wird er das Geld nicht mehr herausrücken, wenn er es erst einmal in der Tasche hat. Brahim hat also jetzt 5000 DH vom Verkäufer, und er wird jetzt auch noch 5000 DH vom Käufer erhalten, so dass er 10.000 DH in der Tasche hat. Ich habe ihn gefragt, ob er wisse, was er damit machen wolle? Er nickte mit dem Kopf. Ich jedoch bin immer noch verletzt, weil er damit rechnet, dass ich ihm für den Neubau seines Hauses die 150.000 DH vorschieße, was ich nicht tun werde. Ich wiederhole: Was ich nicht tun werde. Es war übrigens rührend zu sehen, wie Brahim sich, als die Stühle für die beiden Frauen gebraucht wurden, in Hüpfstellung an den Adulh schmiegte. Noch als er neben mir saß, drückt er ab und zu mit dem Daumen der Hand dessen Arm, der auf meiner Stuhllehne lag, an meinen Rücken. Ich empfand es als Wohltat.

Nachdem ich mit vollem Namen unterschrieben hatte, war ich entlassen. Der Schreiber wollte, ich solle auf Arabisch schreiben. Wie konnte ich wohl, bemerkte selbst der Adulh entrüstet, wo ich doch Deutscher sei.

Ich nahm den Schlüssel in die Hand und gab ihn weiter an Brahim, damit der Moulay sah, dass ich eigentlich sehr wenig mit dem ganzen Affäre zu tun habe, was natürlich nur gespielt war.

Eigentlich sollte ich mich freuen. Aber ich habe keine Lust darauf. Am liebsten ginge ich zu Loretta. Aber wenn Wolfgang jetzt kommt? Er will mir das geliehene Geld zurückbringen. Nach vier Monaten. Immerhin. Und jetzt riskiere ich, nicht zu Hause zu sein.

Das Haus ist wirklich sehr schön, sehr groß! Und es lassen sich 1000 Kleinigkeiten machen, um daraus einen Palast zu machen. Ich werde mit Fe reden, was zu tun ist. Natürlich läuft es darauf hinaus, dass die nötigen 30.000 Schweizer Franken von Brahim verbraucht werden. Er wird dann das Geld zurückgeben, wenn er die Boutiquen verkauft. Insh Allah. Er redet immer davon, die Ziegelsteine zu kaufen …

Der runde weiße Gartentisch in dem kahlen Hof. Die Herren drum herum. Einer wichtiger als der andere. Als schließlich Seite für Seite mit der Bemerkung, das sei aber auch ein Bild – um mir zu zeigen, ich als Maler auch in Bezug zu den Akten stehe –, geschrieben war, wurde das Geld auf den Tisch gelegt. Die beiden Frauen, Stiefmutter und Schwester, kamen herein. Ich weiß nicht, wer ihnen einen Wink gegeben hatte, jedenfalls traten sie keine Minute zu früh und keine zu spät ein. Sie waren da, mit den ernsten Gesichtern, denn die Stiefmutter wusste, der Sohn werde sie betrügen. Sie bangte ja schon gleich am Anfang, überhaupt nichts, kein Geld abzubekommen. Brahim machte den Stuhl frei, die Schwester nahm ihn und setzte sich neben die Stiefmutter, die sich, wie ich von Brahim hörte, gut verstehen. Als Leidensgenossinnen sicherlich, gegen eine Macht, den Bruder, vereint. So waren sich die beiden Frauen näher. Sie waren zusammengerückt, sich Schutz bietend, falls Schutz gebraucht wurde. Der Schwager oder Bruder legte die Geldbündel auf dem Tisch, immerhin zweimal 60.000 DH in kleinen Scheinen zu hundert. Ein Bündel legte der Adulh der Schwester hin, das andere der Stiefmutter. Da wir nur 120.000 DH in die Bücher gesetzt hatten, konnte auch diese Summe über den Tisch gelangen. Wie und ob der Bruder den restlichen Teil von 170.000 DH, die abgemacht waren, bezahlt hat, weiß ich nicht. Wollte ich auch nicht wissen, denn ich bin davongelaufen, um nicht noch von dem Moulay eingeladen zu werden. Der sowieso schon viel zu große Versprechungen gemacht hatte und nichts, aber auch absolut nichts davon wahrhaben wollte.

Das Bild wird in meiner Erinnerung bleiben: Das Geld steht auf der Tischplatte zu 100 gebündelt aufrecht, die feine Hand des Adulhs greift danach und legt die ausgemachte Summe jeweils vor die Empfänger.

16

Verkäufer

Ja, es ist dem Ladenbesitzer völlig gleichgültig, ob ich das nächste Mal wiederkommen werde, um zu kaufen oder nicht. Wichtig für ihn ist nur, im Augenblick das Geld zu kassieren, ohne Rücksicht darauf, für längere Zeit eine Formel zu finden, die ständig das Geld fließen lässt.

Viviana Pacque erzählte, sie gehe seit Jahren zu einem Schneider, der mindestens zweimal im Jahr ihre Hosen nähe, manchmal auch Röcke. Er hat all ihre Maße und kennt auch ihre Wünsche. Beim letzten Mal bringt sie einen Stoff, den sie in England erstanden hatte, also allerbeste Qualität, und bittet um die Anfertigung einer Hose. Nach einer Woche kommt sie, um die Hose abzuholen, da entdeckt sie, der Schneider hat nicht ihren Stoff, sondern minderwertigen verwendet. Sie weist darauf hin, doch der Schneider weiß im ersten Augenblick nicht, was er sagen soll. Sie baut ihm eine Brücke, damit er nicht das Gesicht verliert: Er solle doch einmal nachsehen, ob er sich nicht getäuscht habe. Nein, das ist der Stoff, er hätte sich nicht getäuscht. Noch einmal ein leichter Versuch, ihn zu bewegen, den anderen Stoff herauszurücken – vergebens. Da verzichtet sie auf die Hose und verlässt das Geschäft mit Groll und Gram. Natürlich wird sie nie wieder bei diesem Schneider arbeiten lassen. Er hat also eine

Verdienstquelle verschüttet. Aber soweit sieht der Schneider nicht, ihm ist daran gelegen, dass er, ja was, dass er einem Freund den Stoff vermittelte? Hat er deshalb mehr verdient?

Unverständlich.

Wie oft gehe ich an den Verkäufern vorbei, die mich aufdringlich bitten, in den Laden zu treten, wenn ich Freunde oder Gäste mit mir führe. Sobald ich allein vorbeigehe, kommt es vor, dass die gleichen aufdringlichen Verkäufer mich nicht einmal eines Blickes würdigen.

Unverständlich, unverständlich!

Aber da die Marokkaner, ganz dem östlichen Denken der Japaner nahe, nicht geradeaus denken, sondern in Spiralen (oder im Kreis), schwenken sie von links nach rechts, von rechts nach links.

17

Ich ging meinen üblichen Weg:

... vom Haus, durch den Derb, und bog in die sehr belebte Straße ein, die neuerdings auch voller Geschäfte ist. In den Basaren lungern die Verkäufer herum, weil keine Kunden kommen. Umso verständlicher, wenn sie mich jedes Mal, sobald ich dort vorbeigehe, anhauen, ob ich keinen Kunden für sie hätte. Ich bekäme auch Prozente.

Ich kann den Jungen hundertmal sagen, ich will keine Prozente, dafür sind sie meine Freunde, dennoch muss ich mir die selbe Redensart immer wieder anhören.

Einer der Jungen ist immer freundlich zu mir. Er lacht, auch wenn ich ihm erkläre, ich habe keine Kunden. Gestern Abend war er völlig betrunken in einer Gruppe vor dem Fernseher, als ich herantrat, um einen Blick in den Kasten zu werfen, denn das Fußballspiel Deutschland gegen Holland war angepfiffen.

Da sprang derselbe junge Mann, der immer freundlich zu mir war, plötzlich vom Hocker auf, schrie mich mit weit aufgerissenen Augen an und machte Gesten des Weitergehens. Ich blieb stehen, weil ich annahm, ich könne ihn beruhigen. Je länger ich vor ihm stand, desto wütender wurde er. Was ich anfangs als einen Witz verstand, war ernst gemeint, da roch ich seine Alkoholfahne. Schon seine Bewegungen machten den Eindruck, dass er seine Hände kaum unter Kontrolle hatte. Er fuchtelte damit und schrie …

Ich kannte den jungen Mann nicht wieder. Aber schließlich machte mir irgendein Abdel, der auch ständig freundlich zu mir ist, aber nur, weil er manchmal eine Packung Zigaretten bekommt, Zeichen, ich solle mich nicht aufregen und lieber weitergehen. Ich tat's.

Es muss in ihm ein aufgestauter Hass auf mich ausgebrochen sein. Das wahre Gesicht, die wahren Denkungsarten kamen ans Licht. Muss ich daraus schließen, alle, die freundlich sind, auch die Gemeinsten, die Ordinärsten, denen der Kopf von Eifersucht voll ist, sind voller Neid? Ich kann mir nicht denken dass die Marokkaner über die Gegenwart der Ausländer erfreut sind.

Ich fühle mich noch nicht bedroht, aber die Zeit wird kommen, da ich mich bedroht fühlen muss.

18

Der Weg ins Schwimmbad I

Unter dem Telegrafenmast hockt eine Frau mit erhobener Hand. Sie ist sicher vor dem Autoverkehr.

In der Mauernische hockt eine Frau und erhobener Hand. Auch sie fühlt sich hinter den Steinen geborgen.

Im Hauseingang hockt ein alter Mann mit erhobener Hand, die Autos können ohne Schwierigkeiten vorbei.

Eng wird der Weg, wenn das Auto an einem parkenden vorbei muss. Dort sitzen weder Mann noch Frau, die die Hände den Passanten entgegenstrecken.

Die letzte Frau grüßt freundlich, zu freundlich, denn ich höre immer wieder: Dankeschön, Dankeschön!

Obwohl ich nichts in die hohle Hand gelegt habe. Sie wünscht mir einen guten Tageslauf. Ob sie, wenn ich vorbeigegangen bin, Verfluchungen murmelt?

Ich höre sie nicht ..., aber ich glaube daran.

Im Schwimmbad sagt mir einer der Bademeister, wir hätten das Fest. Er wünscht mir einen schönen Tag.

Der andere erzählt, seine Frau habe ein Kind bekommen, was so viel bedeutet, ich muss ein

Geschenk geben. Der Straßenkehrer, der vor Jahren mal ein Geldgeschenk bekommen hatte, begrüßt mich freundlich …

Er erwartet eine Münze.

Das Kind auf der Straße sagte freundlich:

– Guten Tag, und gleich danach, gib mir einen Dirham.

Die Wege nach Golgatha waren nicht mit Sprüchen gepflastert.

19

Auf dem Weg zum öffentlichen Schwimmbad II

Wo die R4 dicht an der Mauer parken, kann ein Fiat noch vorbeikommen.

Die alte Frau mit hohler Hand, die sie den Vorübergehenden hinstreckt, sitzt dicht am Telegrafenmast, um nicht vom Verkehr behindert zu werden.

Ein Bettler hockt im Hauseingang, der nicht benutzt wird.

Die zweite und dritte Frau suchen Deckung hinter dem Mauervorsprung.

Kein Auto hält.

Für mich der Weg aufs Schafott. Verdammnis verfolgt meine Schritte. Flüche Folgen meinen Schritten, da ich die hohle Hand nicht fülle.

Danke, danke, höre ich. Wenn ich vorbei bin, nur Gemurmel über die harte Haltung eines Reichen.

Krick war Schwimmmeister im öffentlichen Bad. Während seiner Aufsicht ertranken zwei Kinder.

Er wurde entlassen.

Daraufhin betrank er sich. Er machte Trinken zu seiner Gewohnheit. Woher das Geld nehmen?

Ich weiß es nicht.

Am Abend isst er Suppe für einige Hundertstel. Ich sehe ihn kommen, er entdeckt mich mit trüben Augen. Ich biete ihm die Suppe, vom Kellner gebracht. Er löffelt. Dabei fragte er mich, ob ich noch sein Freund sei. Da ich betrunkene Männer, ja, ständig betrunkene Männer, nicht als meine Freunde betrachte, sage ich: Nein!

Er lässt den Löffel in der Suppe, steht auf und geht.

Lieber will er verhungern als von einem, der nicht sein Freund ist, eine Suppe anzunehmen.

20

Die Frau …

… – etwa 50-jährig – hat sich auf den Boden, auf die Erde geworfen. Sie streckt alle Glieder von sich. Aus dem offenen Mund seiht, sabbelt Speichel heraus. Sie liegt auf dem Bauch, Arme und Beine ausgestreckt. Der Kopf mit geschlossenen Augen liegt auf der linken Hälfte. Sie rührt sich nicht. Ob sie tot ist? Keiner der Verkäufer bemüht sich um sie. Keiner rührt einen Finger, um ihr zu helfen. Ich sage zu dem einen, der Tee trinkt, der mir das Glas Tee entgegen hält:

– Gib ihr Tee!

– Die Frau hat den Teufel im Leib. Da hilft kein Tee, nur der Koran.

Brahim wollte seinen Blutdruck messen lassen und ging zur Ambulanz.

– Wir haben nur ein Messgerät, und das ist kaputt. Gehen Sie ins Krankenhaus.

– Danke!

Ich wollte auch den Blutdruck messen lassen und ging zur Ambulanz. Der Krankenpfleger legte die Pressmuffe um den Arm, steckte das Stethoskop in die Ohren und pumpte. Wie gewöhnlich, aus Gewohnheit konnte er alle Handbewegungen im Schlaf.

– Wieviel Druck haben Sie gewöhnlich?

Ich sage:

– Acht zu vierzehn.

– Das ist genau das, was ich gemessen habe.

– Danke. Ich bezahlte und ging.

Trauergäste hinter dem Sarg

Die Trauergäste vor der Leiche.
— Gehört ihr das Haus?
— Hat sie Kinder?
— Wie alt ist die Tochter?
Der F'qih tritt ins Zimmer, um die Leichen-
predigt zu halten und Gebete für das Wohlerge-
hen der Toten zu sprechen.
Die Totenfeier abhalten.

Er setzt sich in die Kissen im Salon, wo die
Trauergemeinde versammelt ist. Er betastet den
Stoff der Kissen, fühlt, wie sie gefüllt sind, lässt
die Augen schweifen, ob wertvolle Gegenstände
im Raum hängen und stehen. Qualitäten feststel-
len.
War die Witwe reich?
Was hinterlässt sie?
Kann man profitieren?
Was fällt für mich ab?
Heulen und Zähneklappern.
Schreien und Weinen und Klagen.
Um der Toten willen.

Amazzal ...[14]

..., AMAZZAL, A M A Z Z A L ist Wasserzuteiler.

Der Mann, der auf dem Lande, im Dorf, das Wasser in die Kanäle lenkt, leitet. Er muss wissen, welcher Bauer, welches Feld wieviel Zuteilung bekommt. Der Lauf wird nach fünf Minuten gemessen. Und berechnet.

Da kommt es vor, dass ein Bauer sich beklagt, er habe statt fünf Minuten Wasser nur drei bekommen.

Wie wird die Sache geregelt? Die Ungerechtigkeit wird mit Schmiergeld beglichen.

Wie war das mit den Rosinen?

Die Füße treten auf die Rosinen, und der Duft steigt in die Nase.

Was soviel heißen soll: Nachtigall, ich hör dir trapsen!

Noch etwas: Die Kröte frisst die Schlange, dann stürzte der Adler herab und pickt sie auf. Die Kröte in der Luft, weil sie die Schlange nicht loswerden kann, löst sich dort und klatscht auf den Boden. Erst wenn man wirklich die Mahlzeit gegessen hat, kann man sagen, man hat gegessen.

Wenn wir Kinder mit der Mutter ausgingen, klagten wir – kaum dass wir an einem Laden vorbeikamen, in dem Bonbons ausgestellt waren – über schrecklichen Hunger. In der Hoffnung, dass Mutter uns einen Rial[15] gab, den wir dann verleckern konnten.

Aber Mutter hatte für alle Fälle vorgesorgt: Sie holte unter der Djellabah eine trockene Schnitte Brot hervor und gab sie uns. Wir nahmen das Stück, weil wir gar nicht wagten, anderer Meinung zu sein bzw. zu widersprechen.

Ein Bauer zog mit seinem kleinen Sohn ins nächste Dorf. Der Geschäfte wegen oder was weiß ich. Der Junge klagte, er habe Hunger. Der Vater gab ihm ein Stück trockenes Brot, aber der Junge mochte lieber Brot mit Honig essen. Der Vater vertröstete den Sohn, wenn er noch ein bisschen weiter marschierte, würde er auch Honig bekommen.

Sie marschierten, aber kein Honig kam.

Der Junge bettelte:

– Bitte Vater, gib mir Brot mit Honig!

Der Vater tröstete wieder:

– Warte noch, wenn wir den Höhenzug erreicht haben, dann wirst du Honig bekommen.

Der Höhenzug war erreicht, aber kein Honig. Da war der Junge traurig und sagte, er könne nicht mehr warten. Schließlich bat er den Vater, ihm das trockene Stück zu geben.

Und er verschlang es.

23

Wie doch das Wort mächtig ist

— Bei Gott, ich schwöre bei meinen Augen! Bitte, ich werde Ihnen immer einen Dienst erweisen, sobald Sie darum bitten. Immer können sie mit mir rechnen, und ich schwöre bei Gott, ich sage die laute Wahrheit und wenn ich die Wahrheit nicht sage, will ich im Erdboden versinken. Ich werde morgen die Sache schon wieder regeln.

Ich staunte.

— Kennen Sie mich nicht, ich bin doch in der Wechselabteilung der Bank.

— In welcher, fragte ich mich.

Ich hatte ihn dort noch nie gesehen

— Aber Sie kennen doch Mina, die …

Ich wollte nach dem Ausweis fragen.

— … soll ich unterschreiben, dass ich morgen das Geld zurückbringe? Bitte, helfen Sie mir, ich bin in großer Verlegenheit. Geben Sie mir 30 Dirham. Ich schwöre, Sie bekommen sie morgen zurück.

Da ich kein Wechselgeld hatte, ging ich mit ihm in die Kleiderreinigung. Dort bekam ich das Wechselgeld. Ich händigte ihm 30 DH aus und er bestätigte mir, morgen Mittag, um 12:30 Uhr das Geliehene wieder zurückzubringen. Als ich ihm das Geld ausgehändigt hatte, dachte ich, es ist kein Verlust, wenn er es nicht bringt.

Gerade heute Nachmittag hatte ich drei Decken gekauft, die ich sehr günstig heruntergehandelt hatte. Ob ich nun die 30 DH dazurechne oder nicht … .

Doch bin ich wirklich gespannt, ob er Geld bringt – sollte damit vielleicht eine Falle verbunden sein? Ob er nur sicher sein will, dass ich dort bin, mich mit anderen überfallen will oder mir Geld zurückgibt, das irgendwie präpariert ist, vergiftet? Auf die unmöglichsten Dinge kommt man im Laufe der Wartezeit. Ich hätte ihn nach dem Namen des Direktors fragen sollen. Aber nachher ist man natürlich immer klüger. Das ist ein wildfremder Mann, der niemals in der Bank arbeitet. Er hat mich ins Haus gehen sehen, klopft an und erzählt seinen Spruch, wie gesagt, 30 DH sind nichts zum Umfallen.

Aber die Art und Weise ist schon genial. Er sagt, er will das Geld um zwölf zurückbringen, das kann er nicht, wenn er arbeitet, die Angestellten verlassen die Bank erst um halb eins. Um halb eins also.

Heute ist der Anfang vom Monat. Ein Bankangestellter, der am Anfang des Monats kein Geld hat, den gibt es nicht.

Zu dumm von mir, nicht nach dem Namen des Direktors gefragt zu haben.

24

Marrakech, den 7. Juni 1988 [16]

Er hatte den Mut, er wagte es, obwohl er selbst fühlte, er tue Unrecht, den Mund zu öffnen, um, fast hauchend, *Bonjour* zu sagen. Als ich mich nicht umdrehte, aber immer noch dieses *Bonjour* im Nacken hatte, hörte ich, wie er ein *Messjö* anfügte: *Bonjour Monsieur!* Damit war sein Unternehmungsgeist erschöpft, seine Initiative erloschen. Und mit der Initiative war auch die Hoffnung begraben, heute vielleicht eine Mahlzeit zu ergattern.

Ob er sagen wollte, er habe Hunger? Ob er seinen Körper hingäbe, für eine Mahlzeit? Vielleicht hat er schon seit Tagen nicht gegessen. Keiner der Einheimischen wird ihm zu essen geben, wenn er keine Gegenleistung dafür böte. Und was kann er bieten? Nichts, gar nichts als seinen Körper. Und das soll nichts sein?

Ein junger männlicher Körper, gewachsen in der Wildheit der Berge, unverbraucht, muskulös …

Als er mich wieder deutlich ansprach, im Derb, in dem kein anderer war, außer wir zwei, blieb ich stehen, denn ich fühlte mich verfolgt. Verfolgt sein. Verfolgt werden. Oh, diese Angst im Nacken. Was spielte sich hier ab? Er grüßte im Vorübergehen. Seine Schritte verzögerten sich nicht. *Bonjour Monsieur,* im guten Glauben, einen guten Menschen anzusprechen, dem er seine Not, seinen Hunger, seine Hoffnungslosigkeit sein Elend in der Welt anvertrauen kann.

– Was willst du? Sprach ich mit scharfer Stimme.

Das war der Augenblick, in dem eine Welt für ihn zusammenbrach. Hatte er nicht das Lachen, als ich beim Schuhputzer saß, als Zuneigung, als Zurkenntnisnahme, als ein Hinwenden zu ihm deuten können?

Mein *Was willst du?* zerbrach alle Hoffnungen. Ob er sich nun hinsetzt und weint? Eine Verwundung mehr im Leben. Wunden, die schwer heilen werden. Die Eiter und Hass über die Erde streuen. Hass gegen Menschen, mit denen man zusammen leben muss. Armer *Er*.

Ich suche einen Wächter im Haus.

25

Brahim kommt zu Mittag …

… nachdem er von morgens um 7:00 Uhr auf dem Großmarkt eine Gelegenheit zum Arbeiten gesucht hatte. Selbst zum Kistentragen war er bereit. Für 30 DH den ganzen Tag. Um neun Uhr ein Treffen mit dem Hadj, der ihn aufs Land mitnehmen will, wo die Ernte eingefahren wird. Um halb Zwölf kam er, Brahim sagte, er könne nicht mitfahren, trotz der Bitte blieb er hart. Also, die Zähne werden nicht gemacht, nicht auf Kosten des Hadj, nein, damit rechnet Brahim auch nicht mehr, aber er würde gerne die letzten Tage bezahlt bekommen.

— Ja, warte einen Augenblick, ich bestelle für dich einen Kaffee und bin gleich zurück.

Der Kaffee kam, aber der Hadj ließ sich nicht mehr blicken. Kurz vor Mittag, d.h. nach zweieinhalb Stunden Warten, brach Brahim das Warten ab. Er zog ohne Geld davon. Und wenn er den Hadj treffen wird, wird er ihn grüßen, aber mit keinem Wort an seine Zahlung erinnern.

Ich frage mich, welche Geduld, welche Gottergebenheit hat ein Mensch nötig, um solche Ungerechtigkeit zu ertragen? Da kann ich verstehen, dass die Armen verzweifeln. Einfach deshalb, weil es ihnen nicht gelingt, auch nur einen Cent für ein Stück Brot zu finden. Arbeitslosenunterstützung. Welch ein Fremdwort. Wer sollte die wohl ausgezahlt bekommen? Keiner oder fast keiner von den Arbeitslosen hat je einen Pfennig in die Arbeiterunterstützungskasse gezahlt. Wo soll da das Geld herkommen? Die Arbeitslosen haben fast nie gearbeitet, so oder so sind sie davongekommen. Ich weiß nicht, wie *das* weitergehen soll?

Einfach La Khadouch beschäftigen und bezahlen, Brahim unterstützen und Ibrahim Geld geben.

Und dennoch muss ich mir den Vorwurf anhören, ich würde, weil ich bescheiden lebe, immer das Billigste einkaufen.

Tue ich nicht! Außerdem kauft La Khadouch ein.

Die Verzweiflung wird nicht anders aussehen, wenn ein Tropfen auf den heißen Stein fällt.

26

Ibrahim zog mich beiseite:

– Weißt du, die haben Abdelatif einen Brief geschickt. Er soll sich im Büro melden.

– Was für ein Büro?

– Wo sich alle Soldaten melden müssen.

– Er hat seinen Militärdienst getan und nun, wo sich der Kampf, der Kleinkrieg ansagt, wird er zu den Waffen gerufen, um sein Vaterland zu verteidigen?

– Ja, ich habe aber gesagt, er sei seit fünf Jahren nicht mehr hier, ich könne ihn nicht finden. Gestern musste ich nun auf das Büro, da sagte der Mann in Uniform: Ich soll sagen, wo mein Sohn ist. Da hab ich gesagt:

– Das weiß ich nicht, das ist der Sohn meiner Frau, er ist seit fünf Jahren in Frankreich und arbeitet, ich weiß nicht einmal, ob er verheiratet ist oder Kinder hat.

– Du willst mir nicht erzählen, du würdest nicht wissen, wo dein Sohn ist!

– Ich weiß es nicht.

– Hier ist die Einberufung, du kommst morgen mit der Adresse deines Sohnes zurück.

– Mein Herr, ich bin kein Militär. Befehle können Sie meinetwegen Ihren Soldaten erteilen, aber nicht mir. Wenn ich nicht mit Ihnen reden kann, möchte ich Ihren Chef sprechen.

Der Mann in Uniform hinter dem Schreibtisch wollte gerade anfangen, etwas zu sagen, als er aufstand und grüßte. Da drehte ich mich um, und sah den Vorgesetzten in das Zimmer kommen.

– Grüß Gott Ibrahim, was machst du denn hier?

– Friede sei mit euch, grüßte er, dann Bruderkuss und die Frage nach dem Wohlergehen.

– Kann ich dir helfen, Ibrahim, fragte der Colonel.

– Nein, vielen Dank, alles ist in bester Ordnung. Es gibt hier nichts zu regeln.

– Na, dann ist ja gut.

Und er verschwand.

Der Mann hinter dem Schreibtisch sah mich an, nahm die Karte, die er mir gegeben hatte und ließ sie im Schreibtisch verschwinden.

– Dann ist ja alles in Ordnung.

– Ja, du kannst gehen. Der Friede sei mit dir.

27

Brahim hatte ich beauftragt, …

… nachdem wir alles besprochen hatten, einen Recorder und Kassetten zu kaufen, mir so schnell wie möglich heranzuschaffen.

Ich hatte mich wieder einmal erweichen lassen, für die kranke Mutter 1000 DH herauszurücken. Immerhin 1000 DH! Die ich auch nicht so leicht verdiene. Der alte Schnack.

Als Gegenleistung oder nur Gefälligkeit kriegt er es immerhin fertig, mein Bein zu massieren. Dort bahnte sich nämlich eine Entzündung an. Er streichelte meinen Fuß. Mehr nicht. Ich hatte vor, mit ihm zu essen, mit ihm eine Zeit am Tisch zu verbringen. Doch das kann ich vergessen.

Er ist aus dem Haus, und ich warte und warte. Es ist zum Verzweifeln. Meine Tiraden winden sich im Kopf. Brahim hat keinen Sinn fürs Zusammenleben. Er hat nicht die geringste Vorstellung von Zeit. Natürlich hätte ich ihn ausdrücklich anweisen sollen, gleich zurückzukommen, aber denke ich daran, wenn ich jemanden beauftragte, eine Erledigung zu machen, er käme eventuell erst anderntags wieder? Ist das denn eine wirklich umwerfende Sache, ein oder zwei Kassetten zu kaufen? Einmal das Geld in der Hand, scheint es mir, und die guten Vorsätze sind über Bord geworfen.

Doch rede ich mir ein, nicht noch mehr mit meinem europäischen Verstand in orientalischer Logik, die keine ist, herumzustochern!

Dennoch: Ich steigerte mich in meiner Wut, wie es meine Mutter wohl auch oft getan hatte, legte mich, nachdem ich auf die Rückkehr nicht mehr rechnete, ins Bett und fand mich mit dem Schicksal ergeben ab. Die Wut legte sich, und ich schlief ein. Im Halbschlaf schon, kommt Brahim. Er spürte sofort, was los war.

Er:

– Ich renne seit Stunden durch die Straßen, durch die ganze Stadt von Bab Ksiba nach Bab Doukkala und nun dieses Gesicht. Er legt fünf neue Kassetten hin und den Rest des Geldes und stellte den Sanyo-Apparat auf.

Was konnte ich da noch sagen? Alle Wut war verflogen. Ich war – mal wieder – geschlagen.

Ich sprang aus dem Bett, und wir versuchten gemeinsam, das Mikrofon des Apparates zu betätigen. Vergebens, es funktionierte nicht. Wir gaben den Versuch auf.

Brahim hatte noch nicht gegessen. Ich hatte die Reste gegen meinen Appetit heruntergewürgt, nur um keine Reste mehr im Kühlschrank zu haben. Das Essen hätte leicht für zwei gereicht.

– Ich möchte noch essen. Warm! Je te laisse! Wie üblich, fügte er hinzu. Dann: Das Wechselgeld liegt auf dem Tisch. Der Hinweis auf das Geld sagte mir genug. Natürlich hatte er keine Centime in der Tasche, um sich das Essen kaufen zu können. Er zögerte mit dem Hinausgehen, um mir Gelegenheit zu geben, nach dem Geld zu greifen und ihm davon etwas zu geben. Ich tat es nicht, und er ging, ohne nach dem Geringsten zu fragen, kein Wort des Bittens, keine Bemerkung des Gebens.

Ich war sauer, weil ich so lange gewartet hatte.

Noch im Weggehen rief ich ihm nach, er solle sich doch die 1000 DH von seinem Onkel geben lassen, dann könnten wir von dem Sohn, der mir 6000 DH schuldet, die Summe abziehen.

Türknallen!

Brahim muss verzweifelt sein: keine Arbeit zu finden, kein Geld in der Tasche; alle Mühen, seine Mutter zu ernähren, schlagen fehl. Dass er den Glauben noch nicht verloren hat, ist alles.

Im Grunde muss ich ihn bewundern, und jetzt tut er mir sehr leid, weil ich wieder einmal in Hasstiraden ausgebrochen war, wenn auch nur gedacht, ihm alle Schlechtigkeit an den Hals wünschte und am Leibe sah. Mit keiner Silbe habe ich die Millionen erwähnt, die ich ihm geliehen habe. Wohl gemerkt: geliehen!

— Immer noch helfe ich dir, rede ich mir laut vor, gebe ich wieder und wieder Geld, und wenn ich mal den geringsten Wunsch äußere, z.B. mit mir am Tisch zu essen, wird nicht einmal diese bescheidene Bitte erfüllt. Nicht das geringste Zeichen von Zutraulichkeit.

(Ich frage mich, ob ich je die Zutraulichkeit [17]meiner Mutter gespürt habe? Gab es die?)

– Du hast deinen Kopf, ich habe meinen. Geh aus dem Haus, ich will dich erst morgen Abend wieder sehen. Du wirst mir den Tisch decken, damit du weißt, wofür du gut bist ...

Diese und ähnliche Gemeinheiten spreche ich laut aus, damit ich sie loswerde. Diese Erbärmlichkeiten muss ich loswerden, sonst laufe ich Gefahr, sie Brahim direkt ins Gesicht zu sagen. Das wäre das Ende aller Freundschaft.

Schaum. Luftblasen, Schaumgewinde!

Die Wut ist raus – ich fange an zu schlafen.

Nur die ihm zugefügte Verletzung bleibt.

Wir sehen morgen, ob er noch schmollt.

Wie ich die Lage kenne, werden inzwischen so viele Probleme auf ihn einstürzen, dass dies kleine Wort von mir ein lächerlicher Bestandteil in seinem Leben wird. Noch nicht einmal, es wird völlig aus dem Gedächtnis herausgerissen sein – auch das nicht –, es wird nicht einmal eingedrungen sein. Das ist alles und ich in meiner deutschen Gründlichkeit verliere bereits eine halbe Stunde damit, mir Gedanken zu machen, wie Brahim auf meine Bemerkungen reagieren wird.

Die Bemerkungen Brahim gegenüber liegen mir noch auf dem Magen. Er rennt jeden Tag, wenn ich ihm glauben darf, früh morgens zum Markt, um einen Job zu finden: als Kistenträger, als Chauffeur, als sonstwas. Manchmal hat er Glück, den Tag über Chauffeur zu sein, dann wenigstens verdient er 30 DH. Auch wird er manchmal gefragt, ob er seinen Hadj samt dessen Familie an den Flugplatz bringen kann. Das bringt, auch wenn er zwei Tage unterwegs ist, 50 DH ein. Noch an keinem Tag hat er die Verzweiflung gezeigt, die ihn manchmal befällt, wenn er nichts gefunden hat.

Und wenn er dann hört, der Sohn des Königs, der Prinz Moulay, sei bei einem Autounfall zu Schaden gekommen, rührt ihn das wenig. Wenn er dann aber hört, er sei dringlich im Privatflugzeug nach Paris geschafft worden, um dort kuriert zu werden, dann wird die Meinung auf Widerstand, auf Widerspruch und Wut gelenkt.

Es dauert nicht lange oder doch noch lange, hoffe ich, dass sich das Königtum hält. So wenigstens ist Ruhe im Lande.

Ich wollte den Vorgang noch einmal im Einzelnen hören:

– Wie sich der Kampf abgespielt hat, der fast zum Tode deines Bruders führte.

– Du warst oben im Zimmer, als es klopfte, ja?

– Ja, oben in dem Zimmer, das du schon kennst, wo mein Vater lag. Meine Mutter ist unten, sie macht die Tür auf. Als sie das Klopfen hörte, macht sie natürlich die Tür auf. Ja, und da höre ich auch schon Geschrei!

– Was war geschehen?

– Der Säufer und zwei andere Kumpanen wollten ins Haus. Sie trugen noch zwei Flaschen unter dem Arm, wollten also weitersaufen, obwohl sie schon volltrunken waren.

Weil meine Mutter sich in den Weg stellte, um den Eintritt zu verwehren, schlug er sie, stieß sie zu Boden und trat sie mit Füßen. Das sah ich, denn ich raste natürlich beim ersten Schrei hinunter. Ich war außer mir vor Wut, schlug meinen Bruder, fand in der Küche ein Messer und stieß es ihm in die Rippen. Er fiel hin, die anderen liefen weg, sie waren schon weggelaufen, als ich die Treppe herunterkam. Da mein Bruder sich nicht rührt, stieß ich den Körper vor die Tür auf die Straße. Meinetwegen hätte er dort verrecken können. Ich hätte ihm keine Träne nachgeweint. Das sagte ich nicht, aber gedacht hab ich es.

— Ja, und woher wusste die Polizei, dass da ein Kadaver vor deiner Tür lag?

— Der Nachtwächter hat ihn gesehen und die Polizei benachrichtigt.

— Sie kam und dann auch die Ambulanz. Sie schafften ihn ins Krankenhaus.

— Was ich nicht begreife: Hatte dein Bruder dich nicht erkannt, hat er nicht gemerkt, dass du ihm die Messerstiche verpasst hast?

— Nein, er war so betrunken, er konnte sich an nichts erinnern. Aber eine Sache habe ich übersehen. Auf dem Boden gab es Blutspuren, die von meiner Tür zu ihm führten. Darauf hätte ich achten müssen.

Das war's! Von den 1000 DH wurde nicht gesprochen, die Brahim dem Polizisten zusteckte, um nicht als Mörder oder Totschläger vor Gericht zu kommen, kein Wort!

– Wir haben nicht von deiner Mutter gesprochen!

Brahim winkte ab.

– Geht nicht!

– Wollt ihr also nach Moulay Yacoub fahren?

– Ja, Montag!

– Dann bleibe ich eine Woche allein!

– Und wer fragt mich, wenn ich eine Woche, einen Monat, ja manchmal sechs Monate allein bleibe? Niemand!

Vorwurf! Ausdruck von Anhänglichkeit.

Manchmal glaube ich, wir sollten für den Rest des Lebens zusammenbleiben. Schließlich und endlich müsste das Geld auch für zwei reichen.

28

Treppenesel[18]

Ob ich goldene Wasserhähne brauche, um das Waschbecken zu füllen? Die heißen Bäder liegen ein paar Schritte entfernt auf der anderen Treppenseite, bereit, Gäste zum Kuren zu empfangen.

Sie hat recht, auch weiß sie, das neue Thermalbad sei in der Talsole zur Zeit geschlossen. Wittert sie einen zahlungsfähigen Gast? Ramadan, fügt sie fast entschuldigend hinzu.

Vor der Haustür höre ich Hufe schlagen. Viele schwer beladene Esel steigen die Treppen hinauf. Um dies ungewöhnliche Ereignis wieder zu erleben, miete ich das Zimmer. Denn mit Naturschauspielen und -wundern brauche ich hier nicht zu rechnen. Die nackten hellgelben Wände des Zimmers, die mit den Grau-Blautönen der Tür harmonieren, verbreiten eine nüchterne, doch angenehme Wärme, dazu der Sonnenschein und vom Balkon aus der Blick auf die im Augenblick gelassen friedlich daliegenden Berge.

Der Eseltreiber in engen schwarzen Jeans und Pullover – eine aufgetrennte Tüte mit Papprand über der Stirn als Kopfbedeckung – grüßt und lacht, so dass seine weißen Zähne strahlen. Verführerisch heiter! Will er, dass ich für den Anblick bezahle, oder ist er freundlich, weil er von Natur aus freundlich ist?

Er schlägt nicht auf das Tier ein, keine angestaute Frustration ist abzureagieren. Er schwingt lässig den dicken Knüppel in der Luft, nur um sich bemerkbar zu machen. Kein Esel kommt vom Weg ab. Die Jungtiere sind der Mutter tagelang gefolgt, so wird die Arbeit zum Trott. Ob mit Baumaterial: Sand, Zement, Steinen oder mit Bauschutt beladen: Die Esel steigen ohne Hass die Treppen. Ob sie Gehbehinderten als Taxi dienen oder ambulanter Krankentransport sind: Die Esel steigen gemächlich die Treppen. Mit Müllsäcken belastet, die vor den Türen der Einwohner eingesammelt werden oder mit den Errungenschaften der Neuzeit: Fernseher, Kühlschrank, Kochherd, Parabolantenne ...: Die Esel steigen die Treppe rauf, die Esel trippeln die Treppe runter, geruhsam, als wären sie geduldige Treppentiere.

29

Der Reigen der Höhenkämme …

… erscheint im Mittagslicht elegant fließend, die
hängenden Bergmatten im satten Grün breiten
sich wie ein Teppich aus, lieblich und einladend,
als wäre die furchtbare Ahnung einer Katastrophe nur ein Spuk. Er schwindet ganz und gar
nach einem Bad im heißen Wasser, aus dem Be-
nutzer wie neu geboren heraussteigen. Ich auch:
entspannt, losgelöst, tatkräftig wie eh und je.
Vergessen sind die Befürchtungen.

Im Café werde ich einer jungen Frau ansichtig,
sie sitzt am Tisch mit der heiß dampfenden Suppe in der Schale. Das feine, rötlich schimmernde
Badetuch bedeckt Haar und Schultern. Ein Ende
fällt tief geschwungen in faltenreichem Bogen
über den linken Oberarm. Ihr sanfter, gutmütiger
Blick – aller irdischen Gelüste fremd – ruht in
meinen Augen, in denen er – ich zögere – die
Seele trifft. Oder die Sinne? Als sei ich als Ausländer an diesem Ort vom Himmel gefallen, wo
doch sie einer Himmelserscheinung gleicht, auf-
erstanden aus den Bildern der Jahrhunderte
christlichen Glaubens, auf denen Engel und Ma-
rienmütter zu uns herabschauen.

Meiner Madonna, Schwester des Islam, wenige
Schritte körperlich greifbar vor mir, liegen gefal-
tet die Hände im Schoß, regungslos, geduldig, als
wüssten sie, sie werde zu ihrer Zeit gerufen und

gebraucht. Die Suppe steht bereit, abgekühlt. Unsere liebe Frau neigt den Kopf und führt den Löffel in den Mund.

Um nicht einem Sinnenrausch zu erliegen, verlasse ich fluchtartig meinen Platz, steige die Treppen hinauf und begebe mich unter Menschen. Es gelingt mir, kein aufregendes Bild auf der Netzhaut zur bannen. Die Leute haben alle das gleiche Gesicht: Nase, Mund, Ohren, Augen, Haare auf dem Kopf. Die außergewöhnlichen drücken eine belanglose Meinung aus. Anstatt die Worte für sich zu behalten, unterstreichen sie ausgiebig mit Arm- und Handbewegung jeden Laut, als könnten sie Geschehnisse durch Fuchteln aufdecken, als könnten sie mit ausladenden Gesten Wichtigkeiten aus der Luft ziehen. Ob sie das Treppensteigen der Huftiere wahrnehmen? Für sie mag das Rauf und Runter der Esel ein nichts sagender Vorgang sein, der nur in Verbindung mit Geldverdienen gesehen wird. Ich bringe treppensteigende Esel mit dem Ort Moulay Yacoub und seinen Bewohnern unter einen Hut: den Tagedieben, Tagelöhnern, der Vermieterin, einer Madonna und einem Heiligen.

30

Brahim kam gestern Abend!

Das einzige Wort, das ich sagte: Zwei Tage allein!

Seiner Mutter geht es … er wedelte mit der flachgestreckten, senkrecht stehenden Handfläche hin und her, was soviel heißen soll: nichts Festes, nichts Aussagefähiges, weder Ja noch Nein, so lala.

– Sie hat Pusteln. Pickel auf der Brust.

– Das sind durch seelische Reaktion verursachte Auswirkung nervöser Art. Die sind nicht mit Medikamenten zu heilen, auf keinen Fall mit Spritzen.

– Das sagte die Nachbarin auch! Dann gab es einen großen Skandal im Haus der Frau von Miloud: Die Tochter aus Casablanca war gekommen, um sich das Geld zu holen, das der Vater ihres Kindes … , das von der Großmutter, also von Milouds Frau, großgezogen wird, zu holen.

– Ich begreife gar nichts!

– Milouds Frau, die mit ihm vier Kinder hat – wie sich herausstellt, sind die vier Kinder nicht ihre eigenen, sondern Kinder einer anderen Frau, der zweiten oder dritten, die Miloud geheiratet hat – … also Milouds Frau hat eine Tochter, die in Casablanca lebt.

Brahim warf ein, sie habe außer der Tochter in Casablanca noch eine von ihrem ersten Mann in Safi, also folgerte ich richtig. Miloud gegenüber konnte Milouds Frau, die sich hatte scheiden lassen, keine Unterhaltsansprüche stellen. Die Tochter wollte also das Unterhaltsgeld von ihrer Mutter holen, obwohl diese ihr Kind ernährt und großzieht. Ida hat Milouds Frau natürlich das Geld nicht herausgerückt, was der Vater des Kindes ihrer Tochter bezahlt hat.

Wer nun wen großzieht, ist nicht mehr, fast nicht mehr zu verstehen. Der Skandal war: Die Mutter, also Milouds Frau behält das Geld, denn schließlich bezahlt sie für das Kind. Ihre Tochter ist inzwischen verheiratet und hat in Casablanca mit dem jetzigen Ehemann zwei Kinder.

Brahim will heute mit seiner Mutter zum F'qih.

– Das ist immer so, die Kinder wollen, was die Mütter nicht wollen und umgekehrt.

Dienstag, 5. August 1985[19]

Stephan, der mit uns (Jupp, Brahim und mir) in Sidi Ifni war, hatte noch vor der Abreise von der Komposition des Schachbretts gesprochen. Alle Argumente liefen daraus darauf hinaus, er sehe das Ungemeinte im Bild mit dem Gemeinten. D.h., er sehe alles mit dem Nichts.

Der spontane Einwand, als ich ihm die weiße Fläche zwischen den braunen zeigte, war: – Da ist ja nichts!, zeigte mir, er hatte nicht verstanden, was ich ihm eigentlich sagen wollte. Dass nämlich auch zwischen den Feldern kein Nichts liegt, es auf einer Fläche kein Nichts gibt.

Er hätte höchstens argumentieren können, er habe das Braune oder auch das Weiße nicht gemeint. Damit hebt er das eine oder andere aus der Fläche heraus. Worauf es jedoch ankommt, die Fläche vollständig als Fläche zu sehen, und dass durch Verschiebungen, durch leichte Verrisse der Form, die Fläche zum Leben gebracht, die Fläche belebt wird.

Sein Einwand zeigte, er hatte vom Nichts nichts verstanden. Im Schachbrettfeld sind die weißen gleichwertig den schwarzen Feldern. Dass diese Erkenntnis aus dem fernöstlichen Kreis stammt, zeigt wieder einmal mehr, wie sehr wir dem östlichen Denken gegenüber aufgeschlossen sind. Wie sehr wir die Perspektive, diesen alten Zopf, die Sackgasse, die zu nichts geführt hat, endlich zu überwinden anfangen.

Ich glaube, Stefan hatte dieses Aha-Erlebnis, als er nun mit Jupp abreiste.

Seit dem Tode meiner Mutter, weiß ich, das Sterben fällt mir leichter. Der Gedanke, ich hätte vor ihr sterben können/sollen/müssen – stimmt mich heute noch traurig. Den Tod hätte ich ihr gerne erspart – nun, ich habe es! Sie ist gestorben, und ich habe den Tod vor mir.

Dass sie hilflos war, dass ihr Körper ihrem Willen nicht mehr folgte, war das Eigentliche, was sie unglücklich machte. Diese Erkenntnis mag die Schrecklichste in ihrem Leben gewesen sein, denn immer hat sie ihre Wünsche ausgeführt gesehen.

Nachdem ihr ihre Unfähigkeit, die körperliche Unfähigkeit ins Bewusstsein kam, fielen ihrer Hoffnungen, ihre Lust am Leben völlig aus. Da helfen auch keine Tröstungen mehr: Es wird schon werden, Mütterchen, du musst nun auch tüchtig essen, damit du wieder laufen kannst – solche Sprüche muss sie als lächerlich empfunden haben.

Der Gedanke, nach ihrem Tod den Hinterbliebenen oder mir zur Last fallen zu können bzw. zur Last zu fallen – war ihr grauenhafter, da zog sie doch lieber den Tod vor.

Mit 93 Jahren hat ein Mensch wohl auch ein Recht darauf zu sterben.

31

Bakschir schickte mir Ibrahim ins Haus

— Er ist das beste Stück, das ich auf dem Markt habe, er tut alles, was du willst.

Ibrahim begrüßte mich, Wangenkuss.

— Willst du duschen?

Das übliche. Er begrüßt mich, verabschiedet sich. Grüßen und Abschied. Dazwischen die Fragen:

— Hast du einen Freund? Was arbeitest du? Bist du verheiratet?

— Schweißer, mein Patron darf sonntags nicht ausgehen, nur mit mir. Seine Frau erlaubt es nicht. So kommt es, dass ich sonntags auch mit meinem Chef zusammen bin. Meine Frau lebt nicht mit mir. Auch die Tochter nicht. Ich bin bei meinen Eltern. Einer säuft.

Alles im Hinblick auf den Betrug. Negativantworten, Präparativantworten. Das Ziel ist Vertrauen im Hinblick auf den Augenblick zu erwecken, in dem er nach Geld fragen kann.

Noch eine Brücke:

— Mein Freund ist eifersüchtig, er darf nicht wissen, dass ich dich kenne (der Verdacht, kommt später: Er soll mich nicht kennen, weil er gar nicht vorhanden ist). Er hat mir ein Auto geschenkt. Mein Freund kommt nächste Woche.

Wer schenkt ein Auto? Die Reise nach Casablanca, um das Nummernschild zu wechseln:

Einfuhr ohne Zoll zu bezahlen. Jetzt also: Er ist gefahren, hat keine Versicherung – das Auto beschlagnahmt –, die Versicherung muss gezahlt werden.

– Mein Freund kommt am Donnerstag in Nuouasser an. Ich soll ihn abholen. Jetzt kann ich nicht hin.

Keine plumpe Frage: Kannst du mir das Geld vorschießen? Ich muss 1000,- DH bezahlen. Verlegenes Herumdrucksen:

– Ich kann nicht, was soll ich tun? Ich bin – ich muss – nun dies.

Hassan:

– Kennst du seinen Arbeitsplatz?

– Nein!

Er wollte mir ein Auto verkaufen

– Warum ist ... [20]

Gestern im Zug, als ich einem Jungen begegnete, machte er die Geste des Halsabschneiden. Das reichte mal wieder für die nächsten Stunden, um mich in depressive Gedanken zu stürzen.

Wirklich, der Tod lauert in allen Ecken.

Hassan sagte, das wird nicht lange dauern und die Situation wird explodieren. Ich sagte ihm, jeder, der nach dem König komme, werde nicht in der Lage sein, die Misere zu beseitigen, weil einfach das Geld dafür nicht vorhanden sei. Das ist es eben, antwortete er, jeder sieht das ein. Deshalb ist es noch nicht zum Eklat gekommen.

32

Die Hochzeit ...

... des Vetters ersten Grades mit der Nichte seiner Halbschwester wurde vier Tage lang gefeiert, die Einladungskarten gedruckt, das Riad gemietet und Schlafstellen geschaffen für alle Gäste, die von außerhalb kamen. Sie waren durchweg den Einladungen, die zu Hunderten verschickt waren, gefolgt. Die Schafe, ein Ochse, Berge von Gebäck, Getränke waren herangeschafft, und das Fest war ein voller Erfolg. Über die Kosten reden wir nicht, aber der Vater hatte genügend bereit, auch wenn er jetzt auf den Hauskauf verzichten muss.

Natürlich treffen sich auf diesen Festen Jungen und Mädchen. Die Tochter Brahims, meines Wärters, meines Freundes, meiner rechten Hand, ..., trifft einen Bekannten des Bräutigams, er ist ein solider Handwerker, legt Mosaiken und besitzt ein Haus, in dem zwar die Eltern mit wohnen, aber alle ohne Streit. Der Junge fragt das Mädchen, ob sie ihn heiraten will. Die 20-jährige Fatima ist begeistert und stimmt zu. Der Junge fragt den Vater, also Brahim, auch er sagt nicht nein.

Jetzt plötzlich nachdem 14 Tage nichts geschehen ist, als nur die Besprechungen unter fünf Frauen stattfanden, die keinen Mann abbekommen haben, ändert das Mädchen ihre Meinung.

Sie will nicht heiraten. Als Brahim mit dem Hadj am folgenden Tag nochmal mit dem Mädchen reden will, ist sie verschwunden. Bis heute nicht aufgetaucht. Sie ist zum Épicier gegangen und hat sich 1000,- DH geben lassen und log: Auf Veranlassung des Vaters. Nun ist sie über alle Berge und hinterlässt nur Sorge. Ihre Mutter hat Fieber bekommen, und Brahim ist in ständiger Unruhe. Was wird geschehen? Hat sie einen anderen, den sie mehr liebt? Haben die Frauen ihr eingeredet, was für ein Joch die Heirat ist?

33

Spaziergang

Nach zwei Stunden Marsch: ermüdet. Der Bus brachte mich zur Endstation, 27 km auf der Strecke nach Fez. Rechts von der Hauptstraße ging ein Weg ab. Ich ging ihn erfreut, erleichtert, dem Stadtleben entronnen zu sein, über das Land, das mit Hecken, Büschen und Sträuchern begrenzt war. Spuren, ausgefahrene Spuren, Zeichen von Verkehr. Zweihufer, Herden von Schafen trieb der Hirte durch die Enge. Die Schafe grasten am Wegrand. Auf den Feldern arbeiteten die bunt gekleideten Frauen. Sie zupften Kraut und Wurzeln für häusliche Feuer. Männer schlugen mit Hacken in den Boden. Ich kam an einen Brunnen, an ein Wasserbecken, in das Grundwasser gepumpt wird. Der Mann auf dem Feld sah mich, grüßte auf Französisch und fragte, was ich wünsche!

– Wasser trinken, wenn möglich.

Er legte die Hacke über die Schulter und näherte sich. Vor mir stehend grüßte er nochmals, legte die Hacke ab und zeigte auf einen Karren ohne Räder, auf den ich mich setzen sollte, damit ich ausruhe. Er schritt in das Motorenhaus und stellte die Pumpe an. Nach einigen Minuten rann in Strömen Wasser in das Becken. Er bat mich zu trinken. Ein Oberkellner eines Fünf-Sterne-Hotels konnte nicht freundlicher und zuvorkommender sein, so wie er die Einladung zum Trinken aussprach. Ich hockte auf dem Beckenrand, merkte, ich gelange nicht mit dem Kopf an den Wasserauslauf. Hosen dreckig machen? Hier mit Sand beschmutzen? Welch lächerliche Gedanken angesichts der freundlichen Gesten, meiner Umgebung. Ich kniete also nieder, die Hosen sind zu reinigen, und ließ mir den vollen Strom Wasser in den Mund laufen. Dann nach kräftigen Zügen verminderte ich den Mundzufluss durch Handschöpfen. Also schöpfte ich mit der hohlen Hand Wasser in den Mund. Neubelebung.

– Ich soll mich wieder setzen und ausruhen.

Vier Männer kamen, zwei alte, von denen einer ein Bündel mit Münzen in der Hand hielt, und zwei Jungen im Alter von 18 Jahren. Begrüßung und Einladung zum Teetrinken. Der Pumpenmann lud mich zum Essen ein, ich sollte ihm ins Haus folgen. Schmerzen – vorgetäuscht – erlösten mich von einer Verpflichtung. Die Männer gingen, die Jungen wollten mehr von mir wissen.

– Ja, ich zeichne. Ich zeichne das Haus, dann auch des einen Portrait. Viel Lachen, viel Fragen. Der Landessprache unkundig.

Ob ich wiederkäme ... eines Tages?

Er zeigte mir den Weg. In der Richtung werde ich bald auf eine Asphaltstraße kommen.

Nach 20 Minuten erreichte ich sie, und damit auch ein Taxi, das mich wider Erwarten schnell nach Marrakech zurückbrachte.

34

Rachid

Als Rachid, dem ich die Tür öffnete, meine Stirnbinde sah, fragte er sofort, ob ich krank sei?

Ich erinnere ihn daran, nicht zu kommen, wenn wir nicht verabredet sind.

– Ich habe Hunger!

– Du bist nicht der einzige, der Hunger hat, leider! Ich kann die Hungrigen der Welt nicht alle ernähren.

– Was soll ich tun?

– Verbrauch' die 100 DH, die dir Klaus gegeben hat.

– Ich habe sie in den Gulli geworfen, sie waren unrein. Unrein verdientes Geld darf man nicht für eine redliche Sache wie das Hungerstillen benutzen.

Schweigen.

Er mag gedacht haben: Was sollen 100 DH, die helfen heute und morgen, und was ist danach? 100 DH lösen nicht das Problem der Armut schlechthin. 100 DH sind keine Lösung meines Problems. Ich bin einsam! Ich möchte mit jemandem reden und leben. Meine Mutter ist tot, mein Vater lebt mit einer anderen Frau, die mich hasst. Meine Geschwister sind in alle Winde zerstreut. Lass mich in dein Haus, um wenigstens einen Hauch von Wärme zu spüren, den du mir geben kannst.

– Geh an die Arbeit. Male und tue etwas. Dann bekommst du Geld und kannst dir zu essen kaufen.

Ich gab ihm zehn DH und sagte, er solle zum Arbeiten in den Derb Snane gehen.

– Wie soll ich da hingehen?

– Mit deinen Füßen!

Er ging, dann drehte er sich um und verfluchte mich:

– Gott wird mich rächen, er wird dich strafen! Du wirst deiner nicht mehr sicher sein. Wenn ich dich auf der Straße treffe.

Ich ging ins Atelier und malte Menschen, Menschen, Menschen!

Vielleicht sagte er nur: Sie sind grausam, oder Sie haben mich auf dem Gewissen.

Was ich malte, waren nur die Oberflächen der Menschen.

35

Das typische Beispiel eines Ekels

Ich war auf der Polizeiwache, um die Verlänge-
rung meines Aufenthaltes zu beantragen. Der
Polizist, der mich vor einem Jahr einmal gesehen
hatte, begrüßte mich mit Namen, nicht genau
ausgesprochen, aber er erinnerte sich meiner. Das
fanden wir beide sehr beachtlich.

Er gab mir die Formulare, um sie auszufüllen,
was ich tat. Inzwischen klingelte das Telefon, und
der Polizist verschwand. Ein Franzose war gekommen und wartete. Ein Arzt, den ich kannte,
wollte auch seine Papiere loswerden. Aber kein
Polizeibeamter war da. Wir warteten 10 Minuten,
15 Minuten. Dann, nach fast einer halben Stunde,
verlässt Doktor Alwardi das Büro, er könne die
kranken Kinder seiner Praxis nicht warten lassen.

Wir warten immer noch. Schließlich kommt
der Polizist zurück, ohne eine Erklärung zu geben. Wieso sollte er auch seine Abwesenheit ent-
schuldigen? Das hat ein Polizeibeamter nicht nötig. Das sehe ich ein.

Aber ich konnte meinen Mund nicht halten.
Ich musste die Bemerkung loswerden, dass Doktor Alwardi inzwischen gegangen sei, weil er Pati-
enten betreuen müsse.

Das war natürlich ein Vorwurf für den Polizisten. Damit hatte ich ihm gesagt, er habe zu lange
warten lassen. Sofort schlug die Stimmung um.

Ich spürte, wie er mich hasste. Alle anfängliche Freundlichkeit war dahin. Er nahm meine Papiere und wollte die Steuermarke haben. Hatte ich nicht! Ich Idiot, anstatt meine Zeit hier zu vertrödeln, zu warten, hätte ich auch die Briefmarke kaufen können. 60 DH. Ich holte sie am Stand. Als ich zurückkam, war der Polizist voll beschäftigt. Er sagte mir, ich solle heute Nachmittag oder morgen früh wiederkommen, um eine Bescheinigung darüber zu bekommen, einen neuen Aufenthalt beantragt zu haben.

Ich sagte:

– Morgen früh … dann kaufe ich Stühle.

Aber die Erkenntnis darüber, durch meinen verborgenen Vorwurf den Polizisten verstimmt zu haben, sagte mir, dass ich wirklich eine Ziege bin. Ein Ekel, wie andere mich bezeichnen. Damit muss ich leben.

36

– Guten Tag, mein Herr!

Wie geht es Ihnen? Ich war schon einige Male bei Dir! Aber Sie waren nicht zu Hause. Andererseits, geht es Ihnen gut? Und Ihre Mutter, geht es ihr auch gut?
— Meine Mutter ist nicht mehr.
— Sag ihr einen schönen Gruß, sie soll auch zu mir kommen, wenn sie im Himmel ist, bei mir kriegt sie Kaffee angeboten. Und was machen unsere Freunde? Sind sie noch in Hamburg?
— Ich will ja gern …
— Sie können auch zum Kaffee kommen, in mein Haus.
— Sie sind nicht da …
— Das macht nichts, wenn sie dann kommen, sind sie herzlich eingeladen.
Ich entnehme dem Portmonee kleine Geldstücke, weil ich weiß, ich habe nur einen großen Geldschein in der Hintertasche, um ihm eine Münze zu geben.
— Das ist nichts.
Ich finde ein Fünferstück.
— Damit kann ich schon was anfangen. Danke, mein Herr, ich werde nächstes Mal vorbeikommen. Wie oft fahren Sie nach Deutschland.? Oder waren Sie in Spanien? Auf Wiedersehen. Bis bald.
Loretta sagt:

– Der ist verrückt!

– Ist er auch! Würdest du ertragen, wenn dich die ganze Besatzung auf dem Schiff mit Negro, Negro hänselt? Hier nimmt wenigstens keiner Notiz von seiner Hautfarbe!

– Aber gestört ist er trotzdem!

37

21. August 1991 [21]

Mit Ulla telefoniert. Sie freute sich, schien mir. Sie hatte die Nase voll von den Handwerkern, die ihre Häuser herrichten.

Die Reise nach Schweden war sehr angenehm, mit Stinchen, die sich sehr gut einfügte. Onkel Hermann ist gestorben, mit Ali keinen Kontakt, die Reise nach Spanien wird verschoben. Bennett kann nichts machen, auch wenn er mich verklagen sollte, was aber nicht drin ist. Und und und.

Auf der Djemaa el Fna im Café einen Brief für den Kellner an einen deutschen Freund geschrieben. Bla bla bla, interessiert mich nicht einmal, wer das sein könnte.

Zwei Japaner setzten sich an meinen Tisch. Vater mit Sohn. Sie waren sprachlos, als ich japanisch sprach. Die Familie lebt jetzt in London: Investment. Er sagte mir, auf der Börse in Deutschland, in Frankfurt, würden die Kurse fallen, fallen und fallen, weil Gorbatschow[22] abgesetzt wurde. Na, ich konnte ihm heute Abend sagen, Gorbi ist wieder in Amt und Würden. Die Kurse werden also wieder steigen.

Wie abhängig sind wir doch als kleine Mäuse von den politischen Ereignissen in Russland.

Auf der Post heute Morgen die Telefonrechnung bezahlt, fast 570 DH. Das sind gerade über 100,- DM, erträglich also. Das erste mal wieder nach langer Zeit im Souk gezeichnet. Ich werde morgen wieder losgehen, wenn ich kann. Aber mir fällt ein, Aydin hatte am Telefon gesagt, er käme morgen um 16:45 Uhr in Marrakech an. Freut mich, weil ich mit ihm ein offenes Wort reden kann. Ich weiß nicht, wie lange er bleiben wird, jedenfalls habe ich für Montagabend Klaus und Leo mit seinen beiden Freunden eingeladen. Am Dienstag sind wir dann bei Leo eingeladen. Und Klaus habe ich gesagt, er soll auch eine Einladung machen, es sieht also so aus, als seien die Tage ausgefüllt.

Eben, auf dem Nachhauseweg sprach mich ein junger Mann an, sehr freundlich. Da ich nichts verstand, sagte ich nein, denn ich vermutete, er will mit mir ins Bett gehen. Er war eigentlich sehr sympathisch. Aber lieber ein Nein zu viel, als ein Nein zu wenig. Er verließ mich auch ohne Scham und Enttäuschung. Rührend. Dann stiegen gerade, als ich am Eingang war, Dietmar und seine Frau aus dem Taxi. Sie waren nicht mit dem Zug nach Tanger gefahren, wie vorgesehen. Aber das Hotel sei in Ordnung gewesen.

38

Im Café Glacier

Auf der Straßenterrasse.

Soll ich den Schuhputzer rufen? Ich weiß nicht, wohin ich meine Hände legen soll. Ich sitze unbequem im Sessel, das Glas kann ich nicht unentwegt in der Hand halten, um mich daran festzuhalten. Ich hatte Oulmes[23] bestellt; da war wenigstens eine Bewegung in meine Gedanken gekommen, da war etwas auf mein Wort hin passiert. Soll ich jetzt den Schuhputzer rufen oder vielleicht ein Gespräch mit den Ausländern am Nachbartisch anfangen, was werden sie denken? Es liefe darauf hinaus, dass ich alles besser weiß, logisch, denn 23 Jahre im Lande, da kennt man natürlich mehr als einer, der nur drei Tage hier bleibt.

Ich rufe den Schuhputzer nicht, ich fange auch kein Gespräch mit den Touristen an.

Was hindert mich daran? Was hindert mich, meinen ursprünglichen Wunsch auszuführen?

Hier ist die unsichtbare Mauer, die Grenze, die das Reich des einen vom Reich des anderen trennt. Hier ist das Beispiel, wie die Freiheit des einen von der Freiheit des anderen begrenzt wird.

Ist das Resignation? Fatalismus?

Denke ich unbewusst an das Ende der Begegnung, die auf was hinausläuft?

Ich sollte lieber malen, als über diese Begegnung, diese Konfrontation nachzudenken! Schaffe ich oder übertrage ich nur Bilder? Das Gesehene auf wieder Gesehenes? Ist das ein anderer Vorgang als der, den ich verteufelt habe? Die Landschaft auf das Papier zu übertragen?

Die neun Figuren stehen im Raum.

Die Infektion am Knie macht mir zu schaffen, die Entzündung schwillt, das Bein wird dick. Furunkel oder Entzündung? Schon immer hatte ich beobachtet, dass meine Wunden, selbst die kleinsten, nur sehr langsam heilen, immer einen roten Rand hinterlassend. Da steckt irgendetwas anderes dahinter.

39

Djemaa el Fna

Das Allerletzte im Café an der Djemaa el Fna: Ein Typ, Oscar Wilde, mit Löwenmähne und aufgedunsenem Gesicht, die Körperfülle eines Elefanten, war aus Kanada für eine Woche hierher angereist. Er konnte keinen Bentley oder Rolls Royce mieten, daher begnügte er sich mit einem R4, der tue es ja auch. Wir sprachen nicht lange, da es von meiner Seite aus nichts zu sagen gab, denn ich hatte den ganzen Tag gearbeitet und wollte nur ausruhen. Als er gegangen war:
– Nice to meet you, enchanté! …, kam ein wilder Typ mit blondem zerzaustem Haar an mich heran und fragte, ob er sich für einen Augenblick meiner Gegenwart erfreuen dürfe?
– Gewiss doch, für einen Augenblick, denn ich muss gleich aufbrechen, was ich aus vorsorglichem Schutz sagte.
– Ich bin ein Cap, stellte er sich vor.
– Ein was?
– A Cap! Verstehst du nicht?
– Nein.
– Kapitän! Ich habe ein Boot. 18 Meter Segelboot, das liegt in Mallorca. Aber ich habe Trabbel. Was immer darunter zu verstehen ist!
– Und bin deshalb nach Sidi Fatma gefahren. Ob ich Sidi Fatma kennen würde?
– Gewiss doch: Der Ort liegt am Ende der

Welt oder am Ende des Ourika-Tals, wo einmal im Jahr im August ein großes Fest gefeiert wird.

Ob ich die Geschichte kenne?

– Gewiss doch: Fatima war eine gute Frau, die sich der Armen annahm. Ihr zu Ehren wurde das Heiligtum gebaut, in dem sie auch begraben liegt.

– Ja, und die Leute bringen immer noch etwas zu Essen und allen Leuten, die darum bitten. Dort bin ich drei Wochen geblieben, ich suche nämlich Kunden oder Mitsegler, die mit mir auf meinem Boot um Afrika segeln wollen.

– Das ist ja gut und schön, aber diese Art Leute findet man sicherlich nicht in dem abgelegenem Bergdorf.

– Doch doch! Sie brauchen ja nichts zu bezahlen, denn die ganze Ausstattung übernehme ich.

Jetzt roch ich die Alkoholfahne.

– Aber nur im Moment habe ich kein Geld, weil die Leute auf dem Boot nicht bezahlt haben. Ich brauch' kein Geld, denn ich krieg' vom Staat monatlich eine Rente, ich bin nämlich verrückt.

– So, danach siehst du gar nicht aus, nur deine Vorstellungen sind ein bisschen wirr. Ich würde vorschlagen, du fährst nach Mallorca und suchst dort die richtigen Leute für deinen Afrika-Törn.

– Erstmal bleibe ich hier, was soll ich denn in Mallorca, da muss ich mich bloß mit Spießern ärgern.

– Na, denn! Gute Zeit in Marrakech. Ich muss jetzt gehen.

40

Ich hatte Besuch ...

... von einem *gläubigen* Thomas. Er hat die Absicht, sich in Marrakech niederzulassen. Auch ihm ist sicherlich das Wunder dieser Stadt aufgegangen. Plötzlich von den Zwängen seiner Heimat frei zu sein, als da sind: Preisbindung, feste Preise, die vielen Anordnungen, Verordnungen, Tricks und dafür hilflos allen Versprechen ausgeliefert sein, die nie gehalten werden.

Feste Preise – um das geringste zu nennen – bieten einen festen Halt. Die Ordnung, die Anordnung bietet einen Halt, einen inneren Halt. Fast einen moralischen Halt. Völlig frei zu sein im Alltag, nur mit dem Respekt dem andren gegenüber. D.h. die eigene Grenze hört dort auf, wo die des anderen beginnt. Willkürliche Eingriffe oder Machtmissbrauch verstoßen gegen die Ordnung in der Welt. (Was erlauben sich die USAner?) Der Respekt vor dem Nächsten wird natürlich im täglichen Leben dort zerbrochen, wo der Vorteil winkt. Der andere nimmt diesen Angriff, diesen Eingriff als Bagatelle hin. Wer aber sensibel ist, reagiert auf solche Eingriffe.

Die strenge Ordnung, durch Hinweise, durch Auszeichnungen gekennzeichnet, auch durch Zurechtweisungen, erleichtern das Zusammenleben. Diese Erleichterung ist immer mit Einschränkungen verbunden, die grenzenlose Freiheit, die hier scheinbar herrscht (was das Erotische betrifft), verführt manchen Besucher, auszuflippen. Er überschreitet die ihm gewohnten inneren Grenzen. Und fühlt sich wohl dabei. Weil dies Erlebnis neu für ihn ist.

Was ich immer wieder bemerke: Der Ex-Botschafter lädt ein, aber mich nicht. Ich scheine ihm suspekt. Giovanni wollte, dass ich ihm, wie bei Südländern üblich, die Bruderküsse gebe, was wir beide ablehnten. Mich interessierte viel mehr, ob seine Gäste, die im Riad wohnen, zu mir kommen, um wenigstens meine Bilder anzusehen, wenn schon nicht gekauft wird. Mundpropaganda machen. So oder so. Dasselbe gilt für Giovanni. Die meisten Leute, die in seinem Riad wohnten, hat mir Norbert F. geschickt. Ob Gabriele das auch tut, da sie allein das Haus führt, ist noch nicht erwiesen.

Lektüre: Giovanni Boccaccio: Decameron. Eine Sprache des 14. Jahrhunderts. Zu Langatmig. Genauso: Lautréamont/Ducasse. Viel zu viele Wörter.

41

8. Dezember 1979[24]

Hassan kommt. Heute war seine Verlobung.

Mutter, Tante, Tante, Schwester, Geschwister weibliche Linie.

Dann Onkel und Onkel, Brüder und Brüder der Mutter, des Vaters, die männliche Linie, waren bei den Schwiegereltern.

Der dritte Besuch! Um um die Hand der Schama anzuhalten. Geschenke: Datteln, Zucker, Kuchen, ein Kleid … und was für ein Kleid!

– Ich will keine Geschenke, ich will nur glücklich sein.

Ich:

– Aber Schama will 4000 DH, um Möbel zu kaufen.

Dass sie auch schon das Haus von mir geschenkt bekommen hat, wird nicht mit einer Silbe erwähnt. Fatah bekam zu seiner Hochzeit 7000 DH. Eine für mich – damals – unvorstellbare Summe, die als Leihgabe gegeben wurde. Der nächste wird Brahim sein. Vielleicht ist er der teuerste, wer weiß?

Er erzählt mir, die 5000 DH, die er für die Schweißgeräte bezahlt habe, seien futsch. Der Typ hat die Geräte fünfmal verkauft und keiner von den Fünfen ist auf die Idee gekommen, die Ware gleich mitzunehmen. Wie ich später hörte, ist der Falschhändler auf dem Weg nach Casablanca tödlich verunglückt. Er ist mit seinem unrechtmäßig verdienten Geld nicht glücklich geworden.

Hassan war bei Brahim, um ihn um Geld anzupumpen. Er hatte nichts. Auch sein Vater, der von den 5000 DH die Hälfte verloren hatte, rückte nichts mehr heraus. Und ich sitze in der Tinte, denn die 2500 DH wollte ich für die Reise brauchen.

Ich weiß nicht, ob ich reisen kann!

42

Ich kann das Gefühl nicht loswerden, …

… dass bald der Damm bricht. Die Leute um mich herum sind freundlich, was nicht heißen muss, sie betrachten mich nicht doch im Geheimen als einen Schandfleck in der muselmanischen Welt. Sie werden mir zu verstehen geben: auch du musst eines Tages sterben!
Von der Masse gekillt werden? Kein Spaß!

Da sitzt der Kutscher, ein kleiner Krauskopf, auf dem Eselskarren und wankt mit seinem Karren im Verkehr. Statt sich darum zu kümmern, blättert er in einer Illustrierten. Und kümmert sich einen Dreck um den Verkehr.

Die jungen Männer stehen im Kreis und unterhalten sich. Gekleidet in weißer Djellabah, die bis zu den Füßen reicht. Auch eine blaue Tunika ist darunter. Die Freunde sprechen unentwegt, die Unterhaltung stoppt nicht.
Männer in Röcken, denke ich, wo gibt es diese Mode noch, außer in der arabischen Welt?
Der eine, von der Hitze bedrängt, zieht ganz unbewusst – die dann natürlichste Geste der Welt – die eine Seite der Tunika in die Höhe und klemmt sie unter dem Arm fest. Die Beine werden dadurch freigelegt. Diese Geste wirkt nicht schamlos. Der andere, auch von der Hitze be-

drängt, legt den unteren Saum sogar noch höher hinauf auf seine Schulter, was die Unterhaltung, was den Redeschwall nicht unterbricht.

Kein Laut in der Nacht, es ist morgens gegen zwei Uhr und ich schlafe nicht. Mir kribbelt das Blut – oder sind es die Nerven – im Hinterkopf, plötzlich, einfach so ausbrechend. Dann Schauer durch Kopf und Magen. Ich gehe aufs Klo, erleichtere mich nicht, wieso? Was ist? Sollte ich Tollwut haben? Wieso drücken die Drüsen am Hals? Warum habe ich einen leichten Krampf in den Waden?

Ich schlafe nicht, ich muss etwas tun, um mich abzulenken. Ich bin von einer Katze geleckt worden. Sollte sie Tollwut haben? Wer will das feststellen?

Morgen reise ich ab – Abreise – für immer? Frage ich mich, oder…?

Auf der Fahrt nach Yokohama

Mit dem Bulkcarrier überquerten wir im Stillen Ozean die Datumsgrenze, vom 27. September auf den 29. September.

Diese Nicht-Zeit benutzte ich, um eine Kupfermünze, einen Pfennig in den Ozean zu werfen, im Ozean zu versenken, so dass ich in dem Gefühl lebte, mir falle, zurück in Europa, ein Stück Kupfer entgegen.

Auf der Rückreise holte ich die Zeit wieder ein. Zwei Tage verschmolzen zu einem Tag. Und die Kupfermünze kehrte nicht zurück.

Rückseite:
Was ich malte, waren nur die Oberflächen der Menschen.

NACHWORT:

Hans Werner Geerdts (1925-2013), genannt GEE, wäre am 25. Januar 2025 100 Jahre alt geworden. Aus Anlass seines Geburtstages wurde nun sein letzter noch unveröffentlicher Roman mit dem Arbeitstitel »Babylon in Marrakech« für die Veröffentlichung überarbeitet. GEE notierte den Titel des Textes auf einem grauen Pappumschlag, in dem er die 72 Din-A4-Seiten des in 43 Kapitel unterteilten Typoskripts verwahrte. Diese zu einem Episodenroman komponierten Alltagsszenen können als semifiktionale Ergänzung neben seine biografischen Bruchstücke mit dem Titel *sag DANKE SCHÖN und* geh, erschienen 2011, gestellt werden.

Diese Zusammenführung mag in Anbetracht des vorliegende Roman zunächst verwundern, doch es soll hier gezeigt werden, dass sie naheliegend ist.

Babylon in Marrakech ist jener Teil seines Vermächtnisses, der von ihm zu Lebzeiten nicht mehr in eine endgültige Form gebracht werden konnte. Und auch eine letzte gemeinsame Überarbeitung blieb aus Krankheitsgründen leider aus. Der Untertitel wurde von mir ergänzt, um auf den unzuverlässigen Erzähler der Texte zu verweisen. Anregungen boten hier sicherlich Texte wie Elias Canettis *Die Stimmen von Marrakech* sowie Hubert Fichtes *Der Platz der Gehenkten,* beide Texte fanden sich in GEEs Bibliothek. Jedoch scheint die Konstruktionsweise eher auf Geschichten aus 1001 Nacht zu verweisen. In die mit Varianten und zahlreichen Dopplungen vorliegende Fassung wurde vor allem dort eingegriffen, wo Redundanzen von Textvarianten und noch nicht endgültig entschiedene Formulierungen abzuwägen waren. Hier und da habe ich die alternative Wortwahl beibehalten und mit einer Virgel zwischen den beiden Varianten gekennzeichnet, wenn eine Entscheidung schwierig war. Hier mögen dann die Lesenden ihre Wahl treffen. Eindeutige Fehler wurden stillschweigend korrigiert und auch GEEs konsequente Kleinschreibung zu Gunsten einer besseren Lesbarkeit in die geltenden Regeln für die deutsche Rechtschreibung überführt.

GEEs *Babylon in Marrakech* – also ein Ort des Hochmuts und der Sprachverwirrung – wird hauptsächlich durch die Themen des Geldes und den so unterschiedlichen Beziehungen der Menschen untereinander bestimmt. Kommunikationsschwierigkeiten, nicht allein bedingt durch kulturelle Unterschiede, dominieren dabei. Gestreift werden natürlich auch GEEs Lebensthemen: Religion, Homosexualität und das Leben ohne festen Partner des seit 1963 in Marrakech lebenden, gebürtig aus Kiel stammenden Künstlers.

Im Nacheinander der Geschichten werden die Lesenden emotional hochgradig divers gestimmt. Der kulturelle Clash, an dem sich der Ich-Erzäh-

ler immer wieder reibt, der ihn zwischen ver-
ständnisvoller Empathie und ja, nahezu starrsin-
nigem Unverständnis und massiven Vorurteilen
hin- und herpendeln lässt, ist aus der lesenden
Distanz immer wieder neu zu beurteilen. Wirklich sympathisch wird uns dieser Erzähler dabei
kaum. Das liegt zum einen an den zahlreichen
vom Autor aufgestellten Fallen, teilweise in Form
eingestreuter urbaner Legenden, zum anderen
auch an der Perspektive des Ich-Erzählers, den
man mit dem Autor in Verbindung zu bringen
geneigt ist. Durch das Ich findet aber auch eine
Art Projektion auf den Lesenden statt. Durch
diese Selbstbespiegelung können die Lesenden
erkunden, in welchen Zusammenhängen mögli-
cherweise eigene Vorurteile greifen, welchen
fragwürdigen Vorstellungen und Glaubenssätzen
man selbst beharrlich folgt, ohne sie zu hinter-
fragen. Viel zu schnell zeigt man mit dem Finger
auf andere und deren eindimensionale Sichtwei-
se. Und genau dies scheinen mir der wesentliche
Impuls des Romans und sein aktueller Mehrwert
zu sein. Widersprüchlichkeiten, vor allem in Kapitel 15 und 16, die endlose und enervierende
zweiteilige Erbschaftsgeschichte, die oft banalen
Ereignisse, auch die kolonialen Ressentiments
laufen nicht völlig leer, sondern auf ein im Text
zu findendes implizites Ziel hinaus. Der Text un-
ternimmt nämlich eine im Lacan'schen Sinne
bemerkenswerte Reise. Er ist ein Wagnis, sich
dem Ort der eigenen inneren Wahrheit zu nä-

hern. Was das Ich an diesem Ort erwartet, ist keine tiefe Wahrheit, mit der es sich zu identifizieren gilt, sondern eine ganz unerfreuliche, ja sogar unerträgliche Wahrheit, mit der zu Leben das Ich letztlich lernen muss.[25] Und nichts anderes sagt die Ziege, das als Ekel titulierte Ich über sich: „Damit muss ich leben." (vgl. 110).

Dieser nun am Ende einer Reihe von GEE-Texten stehende Roman ist sicherlich sein sperrigster und wohl auch ambivalentestes Text. Mit dieser Veröffentlichung aus dem Nachlass komme ich meinem Versprechen nach, alle von GEE nachgelassenen Typoskripte zu veröffentlichen. Einzig seine 160 Tagebücher harren noch einer Erschließung. Und für mich ist es so, als habe GEE nach Diktat den Raum gerade verlassen.

Hamburg, im Januar 2025

HANS WERNER GEERDTS

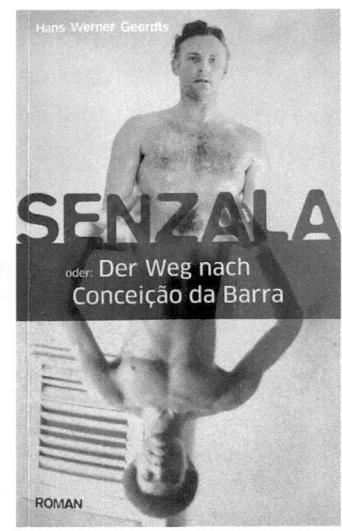

sag DANKESCHÖN und geh
Bruchstücke aus meinem Leben
224 S., Hardcover, Hamburg 2011
Mario Fuhse (Hg.) und Männerschwarm
ISBN 978-3-00036-438-9
Normalausgabe und Vorzugsausgabe

SENZALA oder
Der Weg nach Conceição da Barra
Roman aus dem Nachlass
230 S., Paperback, Bad Schwartau, Hamburg 2015
Mario Fuhse (Hg.) und Cresco Multimedia
ISBN 978-3-86672-081-7

HANS WERNER GEERDTS

VIRGINIA
Reise nach Beirut
Roman aus dem Nachlass
112 Seiten, Paperback, Norderstedt 2021
Mario Fuhse (Hg.) und Books on Demand
ISBN 978-3-75431-981-8 (+ e-Book)

Willi Baumeister, Korrekturen
Aufzeichnungen aus dem Nachlass
mit ergänzenden Texten von K.O. Götz
116 S., Broschur, Aachen 2022
Mario Fuhse (Hg.) und Rimbaud
ISBN 978-3-89086-591-1

ANMERKUNGEN

1 GEE hat einige Kapitel seines Romans mit handschriftlichen Überschriften bedacht. In Fällen, in denen dies nicht geschehen ist, wie in diesem 1. Kapitel, habe ich die Anfänge als Titel hinzugefügt, um ein einheitliches Erscheinungsbild zu gewährleisten. Gibt man die Koordinaten in ein GPS ein, findet sich ein Ort in der algerischen Wüste. Das angegebene Datum markiert exakt den Tag seines 60. Geburtstages.

Als Tagebucheintrag zu diesem Datum findet sich:
I.   *Anruf von Professor Doktor Wolfgang Müller. – Um Gottes willen: Nicht Blücherplatz, ich wohne Blücherstraße 8. Da wohnt auch'n Professor, aber der schickt mir die Post nicht. Herzlichen Glückwunsch und so weiter.*
II. *Inge Mackepenn I. Alles Gute fürs nächste Jahr.*

2 Tagebucheintrag zum 7.2.1998:
Samstagmorgen 7. Februar 1998. Gestern in diesem marokkanischen Restaurant des Mamounia mit Carol Behlal und Frau Haas gegessen. Beide wollten herausfinden, ob das Essen essbar sei. Es war. Ansonsten planen die beiden viel mehr als nötig. Alle Zusagen, Vereinbarungen bleiben in Marrakech oft leere Versprechungen.
Ich bin sehr gespannt, ob die Damen heute Morgen den Weg zu mir finden. Abwarten. 12:00 Uhr.
Sie waren da. Und haben den Besuch nicht bedauert. Wird Folgen haben.

3 Goethes *Erlkönig* klingt hier an, demnach ist auch GEE die homoerotische Konnotation des Gedichts schon früh bewusst gewesen.

4 Dieses Kapitel liegt in einer dreiseitigen Fassung vor, die sehr deutlich Überarbeitungsspuren zeigt, deren Transskription einige Schweirigkeiten bereitete. Da GEE zu diesem Kapitel nicht mehr befragt werden kann und ich es als bewusst angelegten Textfindungsprozess dechiffriere, habe ich es weitgehend so überführt, wie es auf den Seiten erscheint. GEE experiment hier sein anfangs attestiertes Nicht-in-den-Griff-bekommen. So erscheint die Nacherzählung teilweise aus unterschiedlichen Perspektiven und, da er sich des Alters und der Schreibweise von Kadis(c)ha nicht sicher zu sein scheint, liefert er drei unterschiedliche Versionen. Die wirkliche Fabel muss der Leser sich in deren Zwischenräumen erfinden.

5 GEE schreibt Sohra und Sorah (vgl. Kapitel 14), meint aber dieselbe Figur. Ich folge hier nicht dem Typoskript, da eine bewusste Variantenbildung eher auszuschließen ist.

6 GEE schreibt: *heimzahlen*

7 Diese äußerst banale Geschichte kann nur so verstanden werden, dass GEE hier die exessiven Gespräche über Vermögen und Geld im Allgemeinen überhöht, die nach seinen Aussagen die Gespräche unter Männern in Marokko dominieren. Er war da sicherlich keine Ausnahme.

8 Es handelt sich bei dieser Geschichte um eine sogenannte urbane Legende, die GEE hier offensichtlich tarnt.

9 Das ist ein arabischer Beamter.

10 Der Oued Nfiss ist ein Fluss, der im Hohen Atlas entspringt und mündet etwa 40 km nordwestlich von Marrakech in den Oued Tensift.

11 Michael Buthe (1944-1994) lebte in GEEs Haus von ca. 1970-1991) erst zur Miete, dann erwarb er es.

[12] Sie ist die Tochter Willi Baumeisters. Geerds war dessen Student und Sekretär an der Kunsthochschule in Stuttgart.

[13] Zu diesem Datum findet sich kein Tagebucheintrag.

[14] Vgl. hierzu das Ende von Kapitel 7.

[15] Im marokkanischen Alltag wird eher in *Rial* und *Franc* anstelle von *Dirham* gerechnet. Ein *Franc* entspricht einem Centime und ein *Rial* 5 Centimes.

[16] In GEEs Tagebüchern findet sich unter diesem Datum ein Eintrag zu einem Traum. Auf die hier notierte Geschichte deutet keine Zeile hin. Vielmehr wird in 1988 deutlich, dass er hier an seinem Roman *Virginia* arbeitete.

[17] Zutraulichkeit ist hier …

[18] Bei dieser Überschrift weiche ich vom oben beschriebenen Prinzip ab, da dieser Titel sinnstiftender erscheint.

[19] Die Tagebücher aus dem Jahr 1985 verzeichnen genau diese Reise mit den genannten Begleitern.

[20] Der Text bricht hier ab.

[21] Zu diesem Datum ist kein Tagebucheintrag auffindbar.

[22] Michael Gorbatschow tritt am 25. 12. 1991 zurück.

[23] Oulmes ist eine Mineralwassersorte.

[24] Im Tagebuch findet sich eine breite Auseinandersetzung über Joseph Beuys: »Beuys will das Bewusstsein ändern.«

[25] Zitiert nach Slavoy Žižek: Lacan. Eine Einführung. S. Fischer, Frankfurt/Main 2008. Vgl. S. 12.